Edgar Allan Poe
Der Untergang des Hauses Usher

AF195445

epilog 5.003

Edgar Allen Poe *(1809–1849) prägte entscheidend die Genres der Kriminal- und der Horrorliteratur. Seine Poesie wurde zum Fundament des Symbolismus und damit der modernen Dichtung.*

Harry Clarke *(1889–1931) studierte Glasmalerei in Dublin und gestaltete mehr als 130 kunstvoll bemalte Fenstern. Neben den Werken von Poe illustrierte er u. a. Hans Christian Andersens Märchen und Goethes ›Faust‹.*

Ronald Hoppe *(*1964) war Art-Director der IHK-Zeitschrift ›Berliner Wirtschaft‹ und Herstellungsleiter beim Shayol-Verlag. Als Layouter ist er u. a. für Klett-Cotta, Piper und Random House tätig.*

Edgar Allan Poe
Der Untergang des Hauses Usher

Übersetzt von
Gisela und Theodor Etzel

Illustrationen von Harry Clarke

Schriftreihe Epilog • Band 5.003
Herausgegeben von Ronald Hoppe

epilog.de

Bibliografische Information der Deutschen Nationalbibliothek:
Die Deutsche Nationalbibliothek verzeichnet diese Publikation
in der Deutschen Nationalbibliografie; detaillierte bibliografische
Daten sind im Internet über http://dnb.dnb.de abrufbar.

Erweiterte Neuausgabe von Epilog-Heft 2.011

© copyright 2015 by epilog.de • Alle Rechte vorbehalten

Ausgewählt, redigiert und gestaltet von Ronald Hoppe
Umschlagmotiv und Illustrationen von Harry Clarke
Herstellung und Verlag: BOD – Books on Demand, Norderstedt

ISBN: 978-3-7392-1260-9

TALES OF MYSTERY AND IMAGINATION

BY
EDGAR ALLAN POE

ILLUSTRATED BY
HARRY CLARKE

Der Untergang des Hauses Usher
Seite 7

Die Maske des roten Todes
Seite 37

Das Fass Amontillado
Seite 47

William Wilson
Seite 59

DER UNTERGANG DES HAUSES USHER

Sein Herz ist wie eine hängende Laute;
sobald du sie berührst, erklingt sie.

De Beranger

Ich war den ganzen Tag lang geritten, einen grauen und lautlosen melancholischen Herbsttag lang – durch eine eigentümlich öde und traurige Gegend, auf die erdrückend schwer die Wolken herabhingen. Da endlich, als die Schatten des Abends herniedersanken, sah ich das Stammschloss der Usher vor mir. Ich weiß nicht, wie es kam – aber ich wurde gleich beim ersten Anblick dieser Mauern von einem unerträglich trüben Gefühl befallen. Ich sage unerträglich, denn dies Gefühl wurde durch keine der poetischen und darum erleichternden Empfindungen gelindert, mit denen die Seele gewöhnlich selbst die finstersten Bilder des Trostlosen oder Schaurigen aufnimmt. Ich betrachtete das Bild vor mir – das einsame Gebäude in seiner einförmigen Umgebung, die kahlen Mauern, die toten, wie leere Augenhöhlen starrenden Fenster, die paar Büschel dürrer Binsen, die weißschimmernden Stümpfe abgestorbener Bäume – mit einer Niedergeschlagenheit, die ich mit keinem anderen Gefühl besser vergleichen kann als mit dem trostlosen Erwachen eines Opiumessers aus seinem Rausche, dem bitteren Zurücksinnen in graue Alltagswirklichkeit, wenn der verklärende Schleier unerbittlich zerreißt. Es war ein frostiges Erstarren, ein Erliegen aller Lebenskraft – kurz, eine hilflose Traurigkeit der Gedanken, die kein noch so gewaltsames Anstacheln der Einbildungskraft aufreizen konnte zu Erhabenheit, zu Größe. Was mochte es sein – dachte ich, langsamer reitend –, ja, was mochte es sein, dass der Anblick des Hauses Usher mich so erschreckend überwältigte? Es war mir ein Rätsel; aber ich konnte mich der grauen Wahngespenster nicht erwehren; ich musste mich mit der wenig befriedigenden Erklärung begnügen, dass es tatsächlich in der Natur ganz einfache Dinge gibt, die durch die Umstände, in denen sie uns erscheinen, geradezu niederdrückend auf uns wirken können, dass es aber nicht in unsere Macht gegeben ist, eine Definition dieser Gewalt zu finden. Es wäre möglich, überlegte ich, dass eine etwas andere Anordnung der einzelnen Bestandteile dieses Landschaftsbildes genügen würde, um die düstere Stimmung des Ganzen abzuschwächen, ja vielleicht sogar vollständig aufzuheben. Von diesem Gedanken getrieben, lenkte ich mein Pferd an den steilen Abhang eines schwarzen sumpfigen Teiches, der von keinem Hauch bewegt neben dem Schloss lag, und spähte ins Wasser – doch ein Schauder, stärker als zuvor, schüttelte mich beim Anblick der auf den Kopf gestellten und verzerrten Bilder der grauen Binsen, der gespenstischen Baumstümpfe und der toten, wie leere Augenhöhlen starrenden Fenster.

Nichtsdestoweniger beschloss ich, in diesem schwermutvollen Hause einen Aufenthalt von mehreren Wochen zu nehmen. Sein Eigentümer, Roderick Usher, war einer meiner liebsten Jugendfreunde gewesen, doch seit unserer letzten Begegnung waren viele Jahre dahingegangen.

Da hatte mich jüngst bei meinem Aufenthalt in einem entlegenen Teil des Landes ein Brief erreicht – ein Brief von ihm –, dessen seltsam ungestümer Charakter keine andere als eine persönliche und mündliche Beantwortung zuließ. Das Schreiben zeugte entschieden von nervöser Aufregung. Der Verfasser sprach von einer heftigen körperlichen Erkrankung – von niederdrückender geistiger Zerrüttung – und von dem innigen Wunsch, mich, der ich sein bester und tatsächlich sein einziger persönlicher Freund sei, wiederzusehen; er hoffe, meine erheiternde Gesellschaft werde seinem Zustande etwas Erleichterung bringen. Die Art und Weise, in der dies und vieles andere gesagt war – die Herzensbedrängnis, die aus seinem Verlangen sprach –, das war es, das mir kein Zögern erlaubte, und ich gehorchte daher dieser höchst seltsamen Aufforderung unverzüglich.

Obgleich wir als Knaben geradezu vertraute Kameraden gewesen waren, wusste ich dennoch recht wenig über meinen Freund. Seine Zurückhaltung war immer außerordentlich gewesen; sie war ihm ganz selbstverständlich erschienen. Immerhin war mir bekannt, dass seine sehr alte Familie seit unvordenklichen Zeiten wegen einer eigentümlichen Reizbarkeit des Temperaments bekannt gewesen war, einer Reizbarkeit, die lange Jahre hindurch in vielen erhaben eigenartigen Kunstwerken sich aussprach; später betätigte sich dies feinfühlige Empfinden in mancher Handlung großmütiger, doch unauffälliger Mildtätigkeit und in der leidenschaftlichen Hingabe an das Studium der Musik – weniger also an ihre altbekannten leichtfasslichen Schönheitsformen, als an die tief verborgenen Probleme dieser Kunst. Ich hatte auch die sehr bemerkenswerte Tatsache erfahren, dass der Stammbaum der Familie Usher, die jederzeit hochangesehen gewesen, zu keiner Zeit einen ausdauernden Nebenzweig hervorgebracht hatte, mit anderen Worten, dass die Abstammung der ganzen Familie in direkter Linie herzustellen war. Und ich vergegenwärtigte mir, dass in dieser Familie neben dem ungeteilten Besitztum auch die besonderen Charaktereigentümlichkeiten sich ungeteilt von Glied zu Glied vererbten, und sann darüber nach, inwieweit im Laufe der Jahrhunderte die eine dieser Tatsachen die andere beeinflusst haben könne. Wahrscheinlich, so sagte ich mir, ist es eben dieser Mangel einer Seitenlinie, ist es dies von Vater zu Sohn immer sich gleichbleibende Erbe von Besitztum und Familienname, das schließlich beide so miteinander identifiziert hatte, dass der ursprüngliche Name des Besitztums in die wunderliche und doppeldeutige Bezeichnung ›das Haus Usher‹ übergegangen war – eine Benennung, die bei den Bauern, die sie anwendeten, beides, sowohl die Familie wie das Familienhaus, zu bezeichnen schien.

Ich sagte vorhin, dass der einzige Erfolg meines etwas kindischen Beginns – meines Hinabblicken in den dunklen Teich – der gewesen war, den ersten sonderbaren Eindruck, den das Landschaftsbild auf mich gemacht hatte, noch zu vertiefen. Es ist zweifellos: das Bewusstsein, mit dem ich das Anwachsen meiner abergläubischen Furcht – denn dies ist der rechte Name für die Sache – verfolgte, diente nur dazu, diese Furcht selbst zu steigern. Denn ich kannte schon lange das paradoxe Gesetz aller Empfindungen, deren Ursprung das Entsetzen, das Grauen ist. Und einzig dies mag die Ursache gewesen sein einer seltsamen Vorstellung, die in meiner Seele entstand, als ich meine Augen von dem Spiegelbild im Pfuhl wieder hinaufrichtete auf das Wohnhaus selbst; es war eine Einbildung, so lächerlich in der Tat, dass ich sie nur erwähne, um zu zeigen, wie lebendig, wie stark die Eindrücke waren, die auf mir lasteten. Ich hatte so auf meine Einbildungskraft eingearbeitet, dass ich wirklich glaubte, das Haus und seine ganze Umgebung sei von einer nur ihm eigentümlichen Atmosphäre umflutet – einer Atmosphäre, die zu der Himmelsluft keinerlei Zugehörigkeit hatte, sondern die emporgedunstet war aus den vermorschten Bäumen, den grauen Mauern und dem stummen Pfuhl – ein giftiger, geheimnisvoller, trüber, träger, kaum wahrnehmbarer bleifarbener Dunst.

Von meinem Geist abschüttelnd, was Traum gewesen sein musste, prüfte ich eingehender das wirkliche Aussehen des Gebäudes. Das auffallendste an ihm schien mir sein beträchtliches Alter zu sein. Die Zeitläufe hatten ihm seine ursprüngliche Farbe genommen. Ein winzig kleiner Pilz hatte alle Mauern wie mit einem Netzwerk überzogen, dessen feinmaschiges Geflecht von den Dachtraufen herabhing. Doch von irgendwelchem außergewöhnlichen Verfall war das Gebäude noch weit entfernt. Kein Teil des Mauerwerks war eingesunken, und die noch vollkommen erhaltene Gesamtheit stand in seltsamem Widerspruch zu der bröckelnden Schadhaftigkeit der einzelnen Steine. Dies Haus stand gleichsam da wie altes Holzgetäfel, das in irgendeinem unbetretenen Gewölbe viele Jahre lang vermoderte, ohne dass je ein Lufthauch von draußen es berührte, und das darum in all seinem inneren Verfall stattlich und lückenlos dasteht. Außer diesen Zeichen eines allgemeinen Verfalls bot das Haus jedoch nur wenige Merkmale von Baufälligkeit. Vielleicht hätte allerdings ein scharfprüfender Blick einen kaum wahrnehmbaren Riss entdecken können, der an der Frontseite des Hauses vom

Dach im Zickzack die Mauer hinunterlief, bis er sich in den trüben Wassern des Teiches verlor.

Diese Dinge bemerkte ich, während ich über einen kurzen Dammweg zum Hause hinaufritt. Ein wartender Diener nahm mein Pferd, und ich trat unter den gotisch gewölbten Torbogen der Halle. Ein Kammerdiener mit leichtem, leisem Schritt führte mich schweigend durch dunkle und gewundene Gänge bis in das Arbeitszimmer seines Herrn. Vieles, was ich unterwegs erblickte, trug irgendwie dazu bei, das unbestimmte niederdrückende Gefühl, von dem ich schon gesprochen habe, zu verstärken. Diese Dinge um mich her – das Schnitzwerk der Deckentäfelung, der ebenholzglänzende Flur, die düsteren Wandteppiche mit ihrem phantastischen Waffenschmuck, der bei meinen Tritten rasselte –, das alles waren Dinge, die schon meiner Kindheit vertraut gewesen waren, wie ich mir unumwunden eingestehen musste –, dennoch wunderte ich mich, was für unheimliche Vorstellungen so gewöhnliche Dinge erwecken konnten.

Auf einer der Treppen begegnete ich dem Hausarzt. Sein Gesichtsausdruck erschien mir gemein und durchtrieben, obgleich mein Anblick ihn verblüffte. Er begrüßte mich verwirrt und ging weiter. Jetzt riss der Kammerdiener eine Türe auf und führte mich hinein zu seinem Herrn.

Das Zimmer, in dem ich mich nun befand, war sehr groß und hoch. Die Fenster waren lang und schmal und hatten gotische Spitzbogenform; sie befanden sich so hoch über dem schwarzen eichenen Fußboden, dass man nicht an sie heranreichen konnte. Ein schwacher Schimmer rötlichen Lichtes drang durch die vergitterten Scheiben herein und reichte gerade hin, die hervortretenden Gegenstände des Gemachs erkennbar zu machen; doch mühte sich das

Auge vergebens, bis in die entfernten Winkel des Zimmers oder in die Tiefen der schmuckreichen Deckenwölbung vorzudringen. Dunkle Teppiche hingen an den Wänden. Die Einrichtung war im allgemeinen überladen prunkvoll, unbehaglich, altmodisch und schadhaft. Eine Menge Bücher und Musikinstrumente lagen umher, doch auch das vermochte nicht, die tote Starrheit des öden Raumes zu beleben. Ich fühlte, dass ich eine Luft einatmete, die schwer von Gram und Sorge war. Wie ernste, tiefe, unheilbare Schwermut lastete es hier auf allem.

Bei meinem Eintritt erhob sich Usher von einem Sofa, auf dem er lang ausgestreckt gelegen hatte, und begrüßte mich mit warmer Lebhaftigkeit, die mir zuerst übertrieben schien – etwa als gezwungene Liebenswürdigkeit des blasierten Weltmannes. Ein Blick jedoch auf sein Gesicht überzeugte mich von seiner völligen Aufrichtigkeit. Wir setzten uns, und da er nicht gleich sprach, betrachtete ich ihn minutenlang – und wurde von Mitleid und Grauen ergriffen. Sicherlich, kein Mensch hatte sich je in so kurzer Zeit so schrecklich verändert wie Roderick Usher! Nur mit Mühe gelang es mir, die Identität dieser gespenstischen Gestalt da vor mir mit dem Gefährten meiner Kindheit festzustellen. Doch seine Gesichtsbildung war immer merkwürdig und auffallend gewesen: eine leichenhafte Blässe; große klare und unvergleichlich leuchtende Augen; Lippen, die etwas schmal und sehr bleich waren – aber von ungemein schönem Schwung; eine Nase von edelzartem jüdischen Schnitt, doch mit ungewöhnlich breiten Nüstern; ein schöngebildetes Kinn, dessen wenig kräftige Form einen Mangel an sittlicher Energie verriet; Haare, die feiner und zarter waren als Spinnenfäden. Diese einzelnen Züge, verbunden mit einer massigen Kraft und Breite der

Stirn über den Schläfen, bildeten ein Antlitz, das man nicht leicht vergessen konnte. Und nun hatte die übertriebene Entwicklung dieser charakteristischen Einzelheiten genügt, den Ausdruck seiner Züge derart zu verändern, dass ich nicht einmal wusste, ob er es wirklich war. Vor allem war ich bestürzt, ja entsetzt von der jetzt gespenstischen Blässe der Haut und dem jetzt übernatürlichen Strahlen des Auges. Das seidige Haar hatte ein ungewöhnliches Wachstum entfaltet, und wie es da so seltsam wie hauchzarter Altweibersommer sein Gesicht umflutete, konnte ich beim besten Willen nicht dies arabeskenhaft verschlungene Gewebe mit dem einfachen Begriff Menschenhaar in Beziehung bringen.

Im Benehmen meines Freundes überraschte mich sofort eine gewisse Verwirrtheit – seiner Rede fehlte der Zusammenhang; und ich erkannte dies als eine Folge seiner wiederholten kraftlosen Versuche, ein ihm innewohnendes Angstgefühl, das ihn wie Zittern überkam, zu unterdrücken – einer heftigen nervösen Aufregung Herr zu werden. Ich war allerdings auf etwas Derartiges gefaßt gewesen; sowohl sein Brief als auch meine Erinnerung an bestimmte Wesenseigenheiten des Knaben hatten mich darauf vorbereitet, und auch sein Äußeres wie sein Temperament ließen dergleichen ahnen. Sein Wesen war abwechselnd lebhaft und mürrisch. Seine Stimme, die eben noch zitternd und unsicher war (wenn die Lebensgeister in tödlicher Erschlaffung ruhten), flammte plötzlich auf zu heftiger Entschiedenheit – wurde schroff und nachdrücklich – dann schwerfällig und dumpf, bleiern einfältig – wurde zu den sonderbar modulierten Kehllauten der ungeheuren Aufregung des sinnlos Betrunkenen oder des unverbesserlichen Opiumessers.

So sprach er also von dem Zweck meines Besuches, von seinem dringenden Verlangen, mich zu sehen, und von dem trostreichen Einfluss, den er von mir erhoffe. Nach einer Weile kam er auf die Natur seiner Krankheit zu sprechen. Es war, sagte er, ein ererbtes Familienübel, ein Übel, für das ein Heilmittel zu finden er verzweifle – nichts weiter als nervöse Angegriffenheit, fügte er sofort hinzu, die zweifellos bald vorübergehen werde. Sie äußere sich in einer Menge unnatürlicher Erregungszustände. Einige derselben, die er mir nun beschrieb, verblüfften und erschreckten mich, doch mochte an dieser Wirkung seine Ausdrucksweise, die Form seines Berichtes, schuld sein. Er litt viel unter einer krankhaften Verschärfung der Sinne; nur die fadeste Nahrung war ihm erträglich; als Kleidung konnte er nur ganz bestimmte Stoffe tragen; jeglicher Blumenduft war ihm zuwider; selbst das schwächste Licht quälte seine Augen, und es gab nur einige besondere Tonklänge – und diese nur von Saiteninstrumenten –, die ihn nicht mit Entsetzen erfüllten.

Ich sah, dass er der Furcht, dem Schreck, dem Grauen sklavisch unterworfen war. »Ich werde zugrunde gehen«, sagte er, »ich muss zugrunde gehen an dieser beklagenswerten Narrheit. So, so und nicht anders wird mich der Untergang ereilen! Ich fürchte die Ereignisse der Zukunft – nicht sie selbst, aber ihre Wirkungen. Ich schaudere bei dem Gedanken, irgendein ganz geringfügiger Vorfall könne die unerträgliche Seelenerregung verschlimmern. Ich habe wirklich kein Entsetzen vor der Gefahr, nur vor ihrer unvermeidlichen Wirkung – vor dem Schrecken. In diesem entnervten, in diesem bedauernswerten Zustand fühle ich, dass früher oder später die Zeit kommen wird, da ich beides, Vernunft und Leben, hingeben muss – verlieren im Kampf mit dem grässlichen Phantom: Furcht.«

Noch einen anderen sonderbaren Zug seiner geistigen Verfassung erfuhr ich nach und nach aus abgerissenen, unbestimmten Andeutungen. Er war hinsichtlich des Hauses, das er bewohnte, in gewissen abergläubischen Vorstellungen befangen. Schon seit Jahren hatte er sich nicht mehr aus dem Hause herausgewagt – infolge eines Einflusses, dessen eingebildete Wirkung er mir in so unbestimmten, schattendunkeln Worten mitteilte, dass ich sie hier nicht wiedergeben kann. Wie er sagte, hatten einige Besonderheiten in der Bauart und dem Baumaterial seines Stammschlosses in dieser langen Leidenszeit auf seinen Geist Einfluss erlangt – einen Einfluss also, den das Physische der grauen Mauern und Türme und des trüben Pfuhls, in den sie alle hinabstarrten, auf seine Psyche ausübte.

Jedoch gab er zögernd zu, dass die seltsame Schwermut, unter der er leide, einer natürlicheren, gewissermaßen handgreiflicheren Ursache zugeschrieben werden könne – nämlich der schweren und langwierigen Krankheit – ja der offenbar nahen Auflösung – einer zärtlich geliebten Schwester – der einzigen Gefährtin langer Jahre – der letzten und einzigen Verwandten auf Erden. Ihr Hinscheiden, sagte er mit einer Bitterkeit, die ich nie vergessen kann, würde ihn (ihn, den Hoffnungslosen, Gebrechlichen) als den Letzten des alten Geschlechtes der Usher zurücklassen. Während er sprach, durchschritt Lady Magdalen – so hieß seine Schwester – langsam den entfernten Teil des Gemachs und verschwand, ohne meine Anwesenheit beachtet zu haben. Ich betrachtete sie mit maßlosem Erstaunen, das nicht frei war von Entsetzen – und dennoch konnte ich mir keine Rechenschaft geben über das, was ich fühlte. Wie Erstarrung kam es über mich, als meine Augen ihren entschwebenden Schritten folgten. Als sich die Tür hinter ihr geschlossen hatte, suchte mein Blick unwillkürlich und begierig das Antlitz des Bruders – aber dass er hatte das Gesicht in den Händen vergraben, und ich konnte nur bemerken, dass seine mageren Finger, zwischen denen viele leidenschaftliche Tränen hindurchsickerten, von noch gespenstischerer Blässe waren als gewöhnlich.

Schon lange hatte die Krankheit der Lady Magdalen der Geschicklichkeit der Ärzte gespottet. Eine beständige Apathie, ein langsames Hinwelken und häufige, wenn auch vorübergehende Anfälle, vermutlich kataleptischer Natur, das war die ungewöhnliche Diagnose. Bislang hatte sie standhaft der Gewalt der Krankheit getrotzt und war noch nicht bettlägerig geworden. Am Tage meiner Ankunft aber unterlag sie gegen Abend der vernichtenden Macht des Zerstörers – so berichtete ihr Bruder mir des Nachts in unaussprechlicher Aufregung, und ich erfuhr, dass der flüchtige Anblick, den ich von ihr gehabt, wohl auch der letzte gewesen sein werde – dass Lady Magdalen wenigstens lebend nicht mehr von mir erblickt würde.

In den nächsten Tagen wurde ihr Name weder von Usher noch von mir erwähnt; und während dieser Zeit war ich ernstlich und angestrengt bemüht, meinen Freund seinem Trübsinn zu entreißen. Wir malten und lasen zusammen, oder ich lauschte wie im Traum seinen seltsamen Improvisationen auf der Gitarre. Und wie nun eine innige und immer innigere Vertrautheit mich immer rückhaltloser eindringen ließ in die Tiefen seiner Seele, kam ich immer mehr zu der bitteren Erkenntnis, dass alle Versuche vergeblich sein mussten, ein Gemüt zu erheitern, dessen Schwermut wie eine ewig unwandelbare positive Eigenschaft sich ergoss und alle Dinge der Welt stetig und ausnahmslos mit düsteren Strahlen beflutete.

Ich werde stets ein Andenken bewahren an die vielen feierlich ernsten Stunden, die ich so allein mit dem Haupt des Hauses Usher zubrachte; dennoch ist es mir nicht möglich, einen Begriff zu geben von dem Charakter der Studien oder Beschäftigungen, in die er mich einspann oder zu denen er mich hinwies. Sein übertriebener, ruheloser, geradezu krankhafter Idealismus warf auf all unser Tun einen schwefelig feurigen Glanz. Seine langen improvisierten Klagegesänge werden mir ewig in den Ohren klingen; unter anderem habe ich in schmerzlichster, quälendster Erinnerung eine seltsame Variation – eine Paraphrase über ›Carl Maria von Webers letzte Gedanken‹. Die Bildwerke, die seine rastlose Phantasie erstehen ließ und die seine Hand in wunderbar verschwommenen Strichen wiedergab, weckten in mir ein tödliches Grauen, das umso grausiger war, als ich nicht enträtseln konnte, weshalb diese Bilder mich so schauerlich berührten; so lebhaft sie mir auch vor Augen stehen – ich würde mich vergeblich bemühen, mehr von ihnen wiederzugeben als eben möglich ist, mit Worten flüchtig anzudeuten. Durch die übertriebene Einfachheit, ja Nacktheit seiner Bilder fesselte er – erzwang er die Aufmerksamkeit. Wenn je ein Sterblicher vermochte, eine Idee zu malen, so war es Roderick Usher. Mich wenigstens überwältigte – unter den damals obwaltenden Umständen – bei den reinen Abstraktionen, die der Hypochonder wagte auf die Leinwand zu werfen –, mich überwältigte eine ganz unerhörte Ehrfurcht, von der ich nicht einen Schatten hatte empfinden können bei der Betrachtung der sicherlich glühenden, aber doch zu körperlichen Träume Füßlis.

Eines der phantastischen Gemälde meines Freundes, ein Bild, das nicht so streng abstrakt war, sei hier schattenhaft nachgezeichnet – so gut es Worte eben können. Es war ein kleines Bild und zeigte das Innere eines ungeheuer langen rechtwinkligen Gewölbes oder Tunnels mit niederen, glatten weißen Mauern, die sich ohne jede Teilung schmucklos und endlos hinzogen. Durch gewisse feine Andeutungen in der Zeichnung des Ganzen wurde im Beschauer der Gedanke erweckt, dass dieser Schacht sehr, sehr tief unter der Erde lag. Nirgends fand sich in dieser Höhle eine Öffnung, und keine Fackel noch andere künstliche Lichtquelle war wahrnehmbar – dennoch quoll durch das Ganze eine Flut intensiver Strahlen und tauchte alles in eine gespenstische und ganz unvermutete Helligkeit.

Ich habe vorhin schon von der krankhaften Überreizung der Gehörnerven gesprochen, die dem Leidenden alle Musik unerträglich machte, ausgenommen die Klangwirkung gewisser Saiteninstrumente. Vielleicht war es hauptsächlich diese Einschränkung, durch die er auf die Gitarre angewiesen war, die seinen Vorträgen solch phantastischen Charakter lieh. Aber das erklärte noch nicht die feurige Lebendigkeit dieser Impromptus. Sicherlich waren sie, sowohl was die Töne als was die Worte anbetraf (denn nicht selten begleitete er sein Spiel mit improvisierten Versgesängen), das Resultat jener intensiven geistigen Anspannung und Konzentration, von der ich schon früher erwähnte, dass sie nur in besonderen Momenten höchster künstlerischer Erregtheit bemerkbar war. Die Worte einer dieser Rhapsodien sind mir noch gut in Erinnerung. Sie machten wohl einen um so gewaltigeren Eindruck auf mich, als ich in ihrem mystischen Inhalt eine verborgene Andeutung zu entdecken glaubte, dass Usher ein klares Bewusstsein davon habe, wie sehr seine erhabene Vernunft ins Wanken geraten sei. Die Verse, die betitelt waren ›Der verzauberte Palast‹, lauteten ungefähr – wenn nicht wörtlich – so:

In der Täler grünstem Tale
Hat, von Engeln einst bewohnt,
Gleich des Himmels Kathedrale
Golddurchstrahlt ein Schloss gethront.
Rings auf Erden diesem Schlosse
Keines glich;
Herrschte dort mit reichem Trosse
Der Gedanke – königlich.

Gelber Fahnen Faltenschlagen
Floß wie Sonnengold im Wind –
Ach, es war in alten Tagen,
Die nun längst vergangen sind! –
Damals kosten süße Lüfte
Lind den Ort,
Zogen als beschwingte Düfte
Von des Schlosses Wällen fort.

Wandrer in dem Tale schauten
Durch der Fenster lichten Glanz,
Geister zu dem Sang der Lauten
Schreiten in gemessnem Tanz
Um den Thron, auf dem erhaben,
Marmorschön,
Würdig solcher Weihegaben
War des Reiches Herr zu sehn.

Perlengleich, rubinenglutend
War des stolzen Schlosses Tor,
Ihm entschwebten flutend, flutend
Süße Echos, die im Chor,
Weithinklingend, froh besangen
– Süße Pflicht! –
Ihres Königs hehres Prangen
In der Weisheit Himmelslicht.

Doch Dämonen, schwarze Sorgen,
Stürzten roh des Königs Thron. –
Trauert, Freunde, denn kein Morgen
Wird ein Schloss wie dies umloh'n!
Was da blühte, was da glühte
– Herrlichkeit! –
Eine welke Märchenblüte
Ist's aus längst begrabner Zeit.

Und durch glutenrote Fenster
Werden heute Wandrer sehn
Ungeheure Wahngespenster
Grauenhaft im Tanz sich drehn;
Aus dem Tor in wilden Wellen,
Wie ein Meer,
Lachend ekle Geister quellen –
Ach, sie lächeln niemals mehr!

Ich entsinne mich gut, dass diese Ballade uns auf ein Gespräch führte, in dem Usher eine seltsame Anschauung kundgab. Ich erwähne diese Anschauung weniger darum, weil sie etwa besonders neu wäre (denn andere haben ähnliche Hypothesen aufgestellt), als wegen der Hartnäckigkeit, mit der Usher sie vertrat. Seine Anschauung bestand in der Hauptsache darin, dass er den Pflanzen ein Empfindungsvermögen, eine Beseeltheit zuschrieb. Doch hatte in seinem verwirrten Geist diese Vorstellung einen kühneren Charakter angenommen und setzte sich in gewissen Grenzen auch ins Reich des Anorganischen fort. Es fehlen mir die Worte, um die ganze Ausdehnung dieser Idee, um die unbeirrte Hingabe meines Freundes an sie auszudrücken. Dieser sein Glaube knüpfte sich (wie ich schon früher andeutete) eng an die grauen Quadern des Heims seiner Väter. Die Vorbedingungen für solches Empfindungsvermögen waren hier, wie er sich einbildete, erfüllt in der Art der Anordnung der Steine, in dem sie zusammenhaltenden Bindemittel und ebenso auch in dem Pilzgeflecht, das sie überwucherte; ferner in den abgestorbenen Bäumen, die das Haus umgaben, und vor allem in dem nie gestörten, unveränderten Bestehen des Ganzen und in seiner Verdoppelung in den stillen Wassern des Teiches. Der Beweis – der Beweis dieser Beseeltheit – sei, so sagte er, zu erblicken (und als er das aussprach, schrak ich zusammen) in der hier ganz allmählichen, jedoch unablässig fortschreitenden Verdichtung der Atmosphäre – in dem eigentümlichen Dunstkreis, der Wasser und Wälle umgab. Die Wirkung dieser Erscheinung, fügte er hinzu, sei der lautlos und grässlich zunehmende vernichtende Einfluss, den sie seit Jahrhunderten auf das Geschick seiner Familie ausgeübt habe; sie habe ihn zu dem gemacht, als den ich ihn jetzt erblicke – zu dem, was er nun sei. – Solche Anschauungen bedürfen keines Kommentars, und ich füge ihnen daher nichts hinzu.

Unsere Bücher – die Bücher, die jahrelang des Kranken hauptsächliche Geistesnahrung gebildet hatten – entsprachen, wie vermutet werden konnte, diesem phantastischen Charakter. Wir grübelten gemeinsam über solchen Werken wie ›Ververt et Chartreuse‹ von Grasset, ›Belphegor‹ von Macchiavelli, ›Himmel und Hölle‹ von Swedenborg, ›Die unterirdische Reise des Nicolaus Klimm‹ von Holberg, die Chiromantie von Robert Flud, von Jean d'Indaginé und von de la Chambre; brüteten über der ›Reise ins Blaue‹ von Tieck und der ›Stadt der Sonne‹ von Campanella. Ein Lieblingsbuch war eine kleine Oktav-Ausgabe des ›Directorium Inquisitorium‹ des Dominikaners Emmerich von Gironne, und es gab Stellen in ›Pomponius Mela‹ über die alten afrikanischen Satyrn und Ögipans, vor denen Usher stundenlang träumend sitzen konnte. Sein Hauptentzücken jedoch bildete das Studium eines sehr seltenen und seltsamen Buches in gotischem Quartformat – einem Handbuch einer vergessenen Kirche –, des ›Vigiliae Mortuorum secundum Chorum Ecclesiae Maguntinae‹.

Ich konnte nicht anders, als an das seltsame Ritual dieses Werkes und seinen wahrscheinlichen Einfluss auf den Schwermütigen denken, als er eines Abends, nachdem er mir kurz mitgeteilt hatte, dass Lady Magdalen nicht mehr sei, seine Absicht äußerte, den Leichnam vor seiner endgültigen Beerdigung in einer der zahlreichen Grüfte innerhalb der Grundmauern des Gebäudes aufzubewahren. Die rein äußere Ursache, die er für dieses Vorgehen angab, war solcher Art, dass ich mich nicht aufgelegt fühlte, darüber zu diskutieren. Er, der Bruder, war (wie er mir sagte) zu diesem Entschluss gekommen infolge des ungewöhnlichen Charakters der Krankheit der Dahingeschiedenen, infolge gewisser eifriger und eindringlicher Fragen ihres Arztes und infolge der abgelegenen und einsamen Lage des Begräbnisplatzes der Familie. Ich will nicht leugnen, dass, wenn ich mir das finstere Gesicht des Mannes ins Gedächtnis rief, dem ich am Tage meiner Ankunft auf der Treppe begegnete – dass ich dann kein Verlangen hatte, einer Sache zu widersprechen, die ich nur als eine harmlose und keineswegs unnatürliche Vorsichtsmaßregel ansah.

Auf Bitten Ushers half ich ihm bei den Vorkehrungen für die vorläufige Bestattung. Nachdem der Körper eingesargt worden war, trugen wir ihn beide ganz allein zu seiner Ruhestätte. Die Gruft, in der wir ihn beisetzten, war so lange nicht geöffnet worden, dass unsere Fackeln in der drückenden Atmosphäre fast erstickten und uns nur wenig gestatteten, Umschau zu halten. Die Gruft war eng, dumpfig und ohne jegliche Öffnung, die Licht hätte einlassen können; sie lag in beträchtlicher Tiefe, genau unter dem Teil des Hauses, in dem sich mein eigenes Schlafgemach befand. Augenscheinlich hatte sie in früheren Zeiten der Feudalherrschaft als Burgverlies übelste Verwendung gefunden und hatte später als Lagerraum für Pulver oder sonst einen leicht entzündlichen Stoff gedient, denn ein Teil ihres Fußbodens sowie das ganze Innere eines langen Bogenganges, von dem aus wir das Gewölbe erreichten, war sorgfältig mit Kupfer bekleidet. Die Tür aus massivem Eisen hatte ähnliche Schutzvorrichtungen. Ihr ungeheures Gewicht brachte einen ungewöhnlich scharfen kreischenden Laut hervor, als sie sich schwerfällig in den Angeln drehte.

Nachdem wir unsere traurige Bürde an diesem Ort des Grauens auf ein vorbereitetes Gestell niedergesetzt hatten, schoben wir den noch lose aufliegenden Deckel des Sarges ein wenig zur Seite und blickten in das Antlitz der Ruhenden. Eine verblüffende Ähnlichkeit zwischen Bruder und Schwester fesselte jetzt zum erstenmal meine Aufmerksamkeit, und Usher, der vielleicht meine Gedanken erriet, murmelte ein paar Worte, denen ich entnahm, dass die Verstorbene und er Zwillinge gewesen waren, und dass Sympathien ganz ungewöhnlicher Natur stets zwischen ihnen bestanden hatten. Unsere Blicke ruhten jedoch nicht lange auf der Toten – denn wir konnten sie nicht ohne Ergriffenheit und Grausen betrachten. Das Leiden, das die Lady so in der Blüte der Jugend ins Grab gebracht, hatte – wie es bei Erkrankungen ausgesprochen kataleptischer Art gewöhnlich der Fall ist – auf Hals und Antlitz so etwas wie eine schwache Röte zurückgelassen und den Lippen ein argwöhnisch lauerndes Lächeln gegeben, das so schrecklich ist bei Toten. Wir setzten den Deckel wieder auf, schraubten ihn fest, und nachdem wir die Eisentüre wieder verschlossen hatten, nahmen wir mit Mühe unseren Weg hinauf in die kaum weniger düsteren Räumlichkeiten des oberen Stockwerkes.

Und jetzt, nachdem einige Tage bittersten Kummers vergangen waren, trat in der Geistesverwirrung meines Freundes eine merkliche Änderung ein. Sein ganzes Wesen wurde ein anderes. Seine gewöhnlichen Beschäftigungen wurden vernachlässigt oder vergessen. Er schweifte von Zimmer zu Zimmer mit eiligem, unsicherem und ziellosem Schritt. Die Blässe seines Gesichts war womöglich noch gespenstischer geworden – aber der feurige Glanz seiner Augen war ganz erloschen. Die gelegentliche Heiserkeit seiner Stimme war nicht mehr zu hören, und ein Zittern und Schwanken, wie von namenlosem Entsetzen, durchbebte gewöhnlich seine Worte. Es gab in der Tat Zeiten, wo ich vermeinte, sein unablässig arbeitender Geist kämpfe mit irgendeinem drückenden Geheimnis, zu dessen Bekenntnis er nicht den Mut finden könne. Zu anderen Zeiten wieder war ich gezwungen, alles lediglich als Äußerungen seiner seltsamen Krankheit aufzufassen, denn ich sah, wie er stundenlang ins Leere starrte – und zwar mit dem Ausdruck tiefster Aufmerksamkeit, als lauschte er irgendeinem eingebildeten Geräusch. Es war kein Wunder, dass sein Zustand mich erschreckte, mich ansteckte. Ich fühlte, wie sich ganz allmählich, doch unablässig seine seltsamen Wahnvorstellungen, die er mir niemals mitteilte, in mich hineinfraßen.

Es war besonders in der Nacht des siebenten oder achten Tages nach der Bestattung der Lady Magdalen in der Gruft, als ich mich sehr spät zum Schlafen zurückgezogen hatte, dass ich die volle Gewalt dieser Empfindungen erfuhr. Kein Schlaf nahte sich meinem Lager, während die Stunden träge dahinkrochen. Ich bemühte mich, der Nervosität, die mich ergriffen hatte, Herr zu werden. Ich suchte mich zu überzeugen, dass an vielem – wenn nicht an allem –, was ich fühlte, die unheimliche Einrichtung des Gemachs schuld sei; denn es war unheimlich, wie die dunklen und zerschlissenen Wandteppiche, vom Atem eines nahenden Sturmes bewegt, stoßweise auf- und niederschwankten und gegen die Verzierungen des Bettes raschelten. Aber meine Anstrengungen waren fruchtlos. Ein nicht abzuschüttelndes Grauen durchbebte meinen Körper, und schließlich hockte auf meinem Herzen ein Alp – ein furchtbarstes Entsetzen. Mit einem tiefen Atemzug rang ich mich frei aus diesem Bann und setzte mich im Bette auf, ich spähte angestrengt in das undurchdringliche Dunkel des Zimmers und lauschte – wie getrieben von seltsamen instinktiven Ahnungen – auf gewisse dumpfe, unbestimmbare Laute, die, wenn der Sturm schwieg, in langen Zwischenräumen von irgendwoher zu mir drangen. Überwältigt von unbeschreiblichem Entsetzen, das mir ebenso unerträglich wie unerklärlich schien, warf ich mich hastig in die Kleider (denn ich fühlte, dass ich in dieser Nacht doch keinen Schlaf mehr finden würde) und versuchte, mich aus meinem jammervollen Zustand aufzuraffen, indem ich eilig im Zimmer auf- und abwandelte.

Ich war erst ein paarmal so hin und her gegangen, als ein leichter Tritt auf der benachbarten Treppe meine Aufmerksamkeit erregte. Ich erkannte sogleich Ushers Schritt. Einen Augenblick später klopfte er leise an meine Tür und trat mit einer Lampe in der Hand ein. Sein Gesicht war wie immer leichenhaft blass – aber schrecklicher war der Ausdruck seiner Augen: wie eine irrsinnige Heiterkeit flammte es aus ihnen – sein ganzes Gebaren zeigte eine mühsam gebändigte hysterische Aufregung. Sein Ausdruck entsetzte mich – doch alles schien erträglicher als diese fürchterliche Einsamkeit, und ich begrüßte sein Kommen wie eine Erlösung.

»Und du hast es nicht gesehen?« sagte er unvermittelt, nachdem er einige Augenblicke schweigend um sich geblickt hatte. »Du hast es also nicht gesehen? – Doch halt, du sollst!« Mit diesen Worten beschattete er sorgsam seine Lampe und lief dann an eins der Fenster, das er dem Sturm weit öffnete.

Die ungeheure Wut des hereinstürmenden Orkans hob uns fast vom Boden empor. Es war wirklich eine sturmrasende, aber doch sehr schöne Nacht –, eine Nacht, die grausig seltsam war in Schrecken und in Pracht. Ganz in unserer Nachbarschaft musste sich ein Wirbelwind erhoben haben, denn die Windstöße änderten häufig ihre

Richtung. Die ungewöhnliche Dichtigkeit der Wolken, die so tief hingen, als lasteten sie auf den Türmen des Hauses, verhinderte nicht die Wahrnehmung, dass sie wie mit bewusster Hast aus allen Richtungen herbeijagten und ineinanderstürzten – ohne aber weiterzuziehen.

Ich sage: selbst ihre ungewöhnliche Dichtigkeit verhinderte uns nicht, dies wahrzunehmen – dennoch erblickten wir keinen Schimmer vom Mond oder von den Sternen – ebenso wenig aber einen Blitzstrahl. Doch die unteren Flächen der jagenden Wolkenmassen und alle umgebenden Dinge draußen im Freien glühten im unnatürlichen Licht eines schwach leuchtenden und deutlich sichtbaren gasartigen Dunstes, der das Haus umgab und einhüllte.

»Du darfst – du sollst das nicht sehen!« sagte ich schaudernd zu Usher, als ich ihn mit sanfter Gewalt vom Fenster fort zu einem Sessel führte. »Diese Erscheinungen, die dich erschrecken, sind nichts Ungewöhnliches; es sind elektrische Ausstrahlungen – vielleicht auch verdanken sie ihr gespenstisches Dasein der schwülen Ausdünstung des Teiches. Wir wollen das Fenster schließen; die Luft ist kühl und dir sehr unzuträglich. – Hier ist eines deiner Lieblingsbücher. Ich will vorlesen und du sollst zuhören, und so wollen wir diese fürchterliche Nacht zusammen verbringen.«

Der alte Band, den ich zur Hand genommen hatte, war der ›Mad Trist‹ von Sir Launcelot Canning, aber ich hatte ihn mehr in traurigem Scherz als im Ernst Ushers Lieblingsbuch genannt; denn in Wahrheit ist in seiner ungefügten und phantasielosen Weitschweifigkeit wenig, was für den scharfsinnigen und idealen Geist meines Freundes von Interesse sein konnte. Es war jedoch das einzige Buch, das ich zur Hand hatte, und ich nährte eine schwache Hoffnung, der aufgeregte Zustand des Hypochonders möge Beruhigung finden (denn die Geschichte geistiger Zerrüttung weist solche Widersprüche auf) in den tollen Übertriebenheiten, die ich lesen wollte. Hätte ich wirklich nach der gespannten, ja leidenschaftlichen Aufmerksamkeit schließen dürfen, mit der er mir zuhörte – oder zuzuhören schien –, so hätte ich mir zu dem Erfolg meines Vorhabens Glück wünschen dürfen.

Ich war in der Erzählung bei der allbekannten Stelle angelangt, wo Ethelred, der Held des ›Trist‹, nachdem er vergeblich friedlichen Einlass in die Hütte des Klausners zu bekommen versucht hatte, sich anschickt, den Eintritt durch Gewalt zu erzwingen. Hier lautet der Text, wie man sich erinnern wird, so:

»Und Ethelred, der von Natur ein mannhaft Herz hatte und der nun, nachdem er den kräftigen Wein getrunken, sich unermesslich stark fühlte, begnügte sich nicht länger, mit dem Klausner Zwiesprache zu halten, der wirklich voll Trotz und Bosheit war, sondern da er auf seinen Schultern schon den Regen fühlte und den herannahenden Sturm fürchtete, schwang er seinen Streitkolben hoch hinaus und schaffte in den Planken der Tür schnell Raum für seine behandschuhte Hand; und nun fasste er derb zu und zerkrachte und zerbrach – und riss alles zusammen, dass der Lärm des dürren, dumpf krachenden Holzes durch den ganzen Wald schallte und widerhallte.«

Bei Beendigung dieses Satzes fuhr ich auf und hielt mit Lesen inne, denn es schien mir so (obwohl ich sofort überlegte, dass meine erhitzte Phantasie mich getäuscht haben müsse), als kämen aus einem ganz entlegenen Teile des Hauses Geräusche her, die ein vollkommenes sehr fernes Echo hätten sein können von jenem Krachen und Bersten, das Sir Launcelot so charakteristisch beschrieben hatte.

Zweifellos war es nur das Zusammentreffen irgendeines Geräusches mit meinen Worten, das meine Aufmerksamkeit gefesselt hatte. Denn inmitten des Rüttelns der Fensterläden und der vielfältigen Lärmlaute des anwachsenden Sturmes hatte der Laut an sich sicherlich nichts, was mich interessiert oder gestört haben könnte. Ich fuhr in der Erzählung fort:

»Aber als der werte Held Ethelred jetzt in die Türe trat, geriet er bald in Wut und Bestürzung, kein Zeichen des boshaften Klausners zu bemerken, sondern statt seiner ein ungeheurer schuppenrasselnder Drachen mit feuriger Zunge, der als Hüter vor einem goldenen Palast mit silbernem Fußboden ruhte. Und an der Mauer hing ein Schild aus schimmerndem Stahl mit der Inschrift:

›Wer hier herein will dringen,
   den Drachen muss er bezwingen;
Ein Held wird er sein,
   den Schild sich erringen.‹

Und Ethelred schwang seinen Streitkolben und schmetterte ihn auf den Schädel des Drachen, der zusammenbrach und seinen üblen Odem aufgab, und dieses mit einem so grässlichen und schrillen und durchdringenden Schrei, dass Ethelred sich gern die Ohren zugehalten hätte vor dem schrecklichen Laut, desgleichen hievor niemalen erhört gewesen war.«

Hier hielt ich wieder bestürzt inne – und diesmal mit schauderndem Entsetzen –, denn es konnte kein Zweifel sein, dass ich in diesem Augenblick (wennschon es mir unmöglich war, anzugeben, aus welcher Richtung) einen dumpfen und offenbar entfernten, aber schrillen, langgezogenen, kreischenden Laut vernommen hatte – das vollkommene Gegenstück zu dem unnatürlichen Aufschrei des Drachen, wie der Dichter ihn beschrieb.

Obwohl ich durch dies zweite und höchst seltsame Zusammentreffen erschreckt war und tausend widerstreitende Empfindungen, in denen Erstaunen und äußerstes Entsetzen vorherrschten, mich bestürmten, hatte ich dennoch Geistesgegenwart genug, nicht etwa durch eine diesbezügliche Bemerkung die Nervosität meines Gefährten noch zu steigern. Ich war keineswegs sicher, dass er die in Frage stehenden Laute vernommen hatte, obgleich allerdings während der letzten Minuten eine sonderbare Veränderung mit ihm vorgegangen war. Anfänglich hatte er mir gegenüber gesessen, so dass ich ihm voll ins Gesicht sehen konnte; nach und nach aber hatte er seinen Stuhl so herumgedreht, dass er nun mit dem Gesicht zur Türe schaute. Ich konnte daher seine Züge nur teilweise erblicken, doch sah ich, dass seine Lippen zitterten, als flüstere er leise vor sich hin. Der Kopf war ihm auf die Brust gesunken, aber ich wusste, dass er nicht schlief, denn sein Profil zeigte mir seine weit und starr geöffneten Augen, und sein Körper bewegte sich unausgesetzt sanft und einförmig hin und her. Dies alles hatte ich mit raschem Blick erfasst und nahm nun die Erzählung Sir Launcelots wieder auf:

»Und nun, da der Held der schrecklichen Wut des Drachen entronnen war und sich des stählernen Schildes erinnerte, dessen Zauber nun gebrochen, räumte er den Kadaver beiseite und schritt über das silberne Pflaster kühn hin zu dem Schild an der Wand. Der aber wartete nicht, bis er herangekommen war, sondern stürzte zu seinen Füßen auf den Silberboden nieder, mit gewaltig schmetterndem, furchtbar dröhnendem Getöse.«

Kaum hatten meine Lippen diese Worte gesprochen, da vernahm ich – als sei in der Tat ein eherner Schild schwer auf einen silbernen Boden gestürzt – deutlich, aber gedämpft, einen metallisch dröhnenden Widerhall. Gänzlich entnervt sprang ich auf die Füße, aber die taktmäßige Schaukelbewegung Ushers dauerte fort. Ich stürzte zu dem Stuhl, in dem er saß. Sein Blick war stier geradeaus gerichtet, und sein Antlitz schien wie zu Stein erstarrt. Aber als ich die Hand auf seine Schulter legte, befiel ein heftiges Zittern seine ganze Gestalt; ein krankes Lächeln zuckte um seinen Mund, und ich sah, dass er leise hastend und stotternd vor sich hin murmelte, so, als wisse er nichts von meiner Anwesenheit. Mich tief zu ihm hinabbeugend, trank ich schließlich den scheußlichen Sinn seiner Worte ein:

»Es nicht hören? – Oh, ich höre es wohl und habe es gehört. Lange – lange – lange – viele Minuten, viele Stunden, viele Tage habe ich es gehört – aber ich wagte nicht – oh, bedaure mich – elender Schurke, der ich bin! – Ich wagte nicht, ich wagte nicht zu reden! Wir haben sie lebendig ins Grab gelegt! Sagte ich nicht, meine Sinne seien scharf? Ich sage dir jetzt, dass ich ihre ersten schwachen Bewegungen im dumpfen Sarge hörte. Ich hörte sie – vor vielen, vielen Tagen schon – dennoch wagte ich nicht – ich wagte nicht zu reden! – Und jetzt – heute Nacht – Ethelred – ha! ha! – Das Aufbrechen der Tür des Klausners, und der Todesschrei des Drachen, und das Dröhnen des Schildes! – Sage lieber: das Zerbersten ihres Sarges, und das Kreischen der eisernen Angeln ihres Gefängnisses, und ihr qualvolles Vorwärtskämpfen durch den kupfernen Bogengang des Gewölbes. Oh, wohin soll ich fliehen? Wird sie nicht gleich hier sein? Wird sie nicht eilen, um mir meine Eile vorzuwerfen? Hörte ich nicht schon ihren Tritt auf der Treppe? Kann ich nicht schon das schwere und schreckliche Schlagen ihres Herzens vernehmen? Wahnsinniger!« – hier sprang er wie rasend auf und kreischte, als wolle er mit diesen Worten seine Seele hinausbrüllen – »Wahnsinniger! Ich sage dir, dass sie jetzt draußen vor der Türe steht!«

Als läge in der übermenschlichen Kraft dieses Ausrufes die Macht eines Zaubers – so rissen jetzt die riesigen alten Türflügel, auf die der Sprecher hinzeigte, ihre gewaltigen ebenholzenen Kinnladen auf. Es war das Werk des rasenden Sturmes – aber siehe – draußen vor der Türe stand leibhaftig die hohe, ins Leichentuch gehüllte Gestalt der Lady Magdalen Usher. Es war Blut auf ihrer weißen Gewandung, und die Spuren eines erbitterten Kampfes waren überall an ihrem abgezehrten Körper zu erkennen. Einen Augenblick blieb sie zitternd und taumelnd auf der Schwelle stehen – dann fiel sie mit einem leisen schmerzlichen Aufschrei ins Zimmer auf den Körper ihres Bruders – und in ihrem heftigen und nun endgültigen Todeskampf riss sie ihn tot zu Boden – ein Opfer der Schrecken, die er vorausempfunden hatte.

Wie verfolgt entfloh ich aus diesem Gemach und diesem Hause. Draußen tobte das Unwetter in unverminderter Heftigkeit, als ich den alten Teichdamm kreuzte. Plötzlich schoss ein unheimliches Licht quer über den Pfad, und ich blickte zurück, um zu sehen, woher ein so ungewöhnlicher Glanz kommen könne, denn hinter mir lagen allein das weite Schloss und seine Schatten. Der Strahl war Mondglanz, und der volle, untergehende, blutrote Mond schien jetzt hell durch den einst kaum wahrnehmbaren Riss, von dem ich bereits früher sagte, dass er vom Dach des Hauses im Zickzack bis zum Erdboden lief. Während ich hinstarrte, erweiterte sich dieser Riss mit unheimlicher Schnelligkeit; ein wütender Stoß des Wirbelsturms kam; das volle Rund des Satelliten wurde in dem breit aufgerissenen Spalt sichtbar; mein Geist wankte, als ich jetzt die gewaltigen Mauern auseinanderbersten sah; es folgte ein langes tosendes Krachen wie das Getöse von tausend Wasserfällen, und der tiefe und schwarze Teich zu meinen Füßen schloss sich finster und schweigend über den Trümmern des ›Hauses Usher‹.

DIE MASKE DES ROTEN TODES

Lange schon wütete der ›Rote Tod‹ im Lande; nie war eine Pest verheerender, nie eine Krankheit grässlicher gewesen. Blut war der Anfang, Blut das Ende – überall das Rot und der Schrecken des Blutes. Mit stechenden Schmerzen und Schwindelanfällen setzte es ein, dann quoll Blut aus allen Poren, und das war der Beginn der Auflösung. Die scharlachroten Tupfen am ganzen Körper der unglücklichen Opfer – und besonders im Gesicht – waren des Roten Todes Bannsiegel, das die Gezeichneten von der Hilfe und der Teilnahme ihrer Mitmenschen ausschloss; und alles, vom ersten Anfall bis zum tödlichen Ende, war das Werk einer halben Stunde.

Prinz Prospero aber war fröhlich und unerschrocken und weise. Als sein Land schon zur Hälfte entvölkert war, erwählte er sich unter den Rittern und Damen des Hofes eine Gesellschaft von tausend heiteren und leichtlebigen Kameraden und zog sich mit ihnen in die stille Abgeschiedenheit einer befestigten Abtei zurück. Es war dies ein ausgedehnter prächtiger Bau, eine Schöpfung nach des Prinzen eigenem exzentrischen, aber vornehmen

Geschmack. Das Ganze war von einer hohen, mächtigen Mauer umschlossen, die eiserne Tore hatte. Nachdem die Höflingsschar dort eingezogen war, brachten die Ritter Schmelzöfen und schwere Hämmer herbei und schmiedeten die Riegel der Tore fest. Es sollte weder für die draußen wütende Verzweiflung noch für ein etwaiges törichtes Verlangen der Eingeschlossenen eine Türe offen sein. Da die Abtei mit Proviant reichlich versehen war und alle erdenklichen Vorsichtsmaßregeln getroffen worden waren, glaubte die Gesellschaft der Pestgefahr Trotz bieten zu können. Die Welt da draußen mochte für sich selbst sorgen! Jedenfalls schien es unsinnig, sich vorläufig bangen Gedanken hinzugeben. Auch hatte der Prinz für allerlei Zerstreuungen Sorge getragen. Da waren Gaukler und Komödianten, Musikanten und Tänzer – da war Schönheit und Wein. All dies und dazu das Gefühl der Sicherheit war drinnen in der Burg – draußen war der Rote Tod.

Im fünften oder sechsten Monat der fröhlichen Zurückgezogenheit versammelte Prinz Prospero – während draußen die Pest noch mit ungebrochener Gewalt raste – seine tausend Freunde auf einem Maskenball mit unerhörter Pracht. Reichtum und zügellose Lust herrschten

auf dem Feste. Doch ich will zunächst die Räumlichkeiten schildern, in denen das Fest abgehalten wurde.

Es waren sieben wahrhaft königliche Gemächer. Im allgemeinen bilden in den Palästen solche Festräume – da die Flügeltüren nach beiden Seiten bis an die Wand zurückgeschoben werden können – eine lange Zimmerflucht, die einen weiten Durchblick gewährt. Dies war hier jedoch nicht der Fall. Des Prinzen Vorliebe für alles Absonderliche hatte die Gemächer vielmehr so zusammengegliedert, dass man von jedem Standort immer nur einen Saal zu überschauen vermochte. Nach Durchquerung jedes Einzelraumes gelangte man an eine Biegung, und jede dieser Wendungen brachte ein neues Bild. In der Mitte jeder Seitenwand befand sich ein hohes, schmales gotisches Fenster, hinter dem eine schmale Galerie den Windungen der Zimmerreihe folgte. Diese Fenster hatten Scheiben aus Glasmosaik, dessen Farbe immer mit dem vorherrschenden Farbenton des betreffenden Raumes übereinstimmte. Das am Ostende gelegene Zimmer zum Beispiel war in Blau gehalten, und so waren auch seine Fenster leuchtend blau. Das folgende Gemach war in Wandbekleidung und Ausstattung purpurn, und auch seine Fenster waren purpurn. Das dritte war ganz in Grün und hatte dementsprechend grüne Fensterscheiben. Das vierte war orangefarben eingerichtet und hatte orangefarbene Beleuchtung. Das fünfte war weiß, das sechste violett. Die Wände des siebenten Zimmers aber waren dicht mit schwarzem Samt bezogen, der sich auch über die Deckenwölbung spannte und in schweren Falten auf einen Teppich von gleichem Stoffe niederfiel. Und nur in diesem Raume glich die Farbe der Fenster nicht derjenigen der Dekoration: hier waren die Scheiben scharlachrot – wie Blut.

Nun waren sämtliche Gemächer zwar reich an goldenen Ziergegenständen, die an den Wänden entlang standen oder von der Decke herabhingen, kein einziges aber besaß einen Kandelaber oder Kronleuchter. Es gab weder Lampen- noch Kerzenlicht. Statt dessen war draußen auf der an den Zimmern hinlaufenden Galerie vor jedem Fenster ein schwerer Dreifuß aufgestellt, der ein kupfernes Feuerbecken trug, dessen Flamme ihren Schein durch das farbige Fenster hereinwarf und so den Raum schimmernd erhellte. Hierdurch wurden die phantastischsten Wirkungen erzielt. In dem westlichsten oder schwarzen Gemach aber war der Glanz der Flammenglut, der durch die blutig roten Scheiben in die schwarzen Samtfalten fiel, so gespenstisch und gab den Gesichtern der hier Eintretenden ein derart erschreckendes Aussehen, dass nur wenige aus der Gesellschaft kühn genug waren, den Fuß über die Schwelle zu setzen.

In diesem Gemach befand sich an der westlichen Wand auch eine hohe Standuhr in einem riesenhaften Ebenholzkasten. Ihr Pendel schwang mit dumpfem, wuchtigem, eintönigem Schlag hin und her; und wenn der Minutenzeiger seinen Kreislauf über das Zifferblatt beendet hatte und die Stunde schlug, so kam aus den ehernen Lungen der Uhr ein voller, tiefer, sonorer Ton, dessen Klang so sonderbar ernst und so feierlich war, dass bei jedem Stundenschlag die Musikanten des Orchesters, von einer unerklärlichen Gewalt gezwungen, ihr Spiel unterbrachen, um diesem Ton zu lauschen. So musste der Tanz plötzlich aussetzen, und eine kurze Mißstimmung befiel die heitere Gesellschaft. So lange die Schläge der Uhr ertönten, sah man selbst die Fröhlichsten erbleichen, und die Älteren und Besonneneren strichen mit der Hand über die Stirn, als wollten sie wirre Traumbilder oder unliebsame Gedanken verscheuchen. Kaum aber war der letzte Nachhall verklungen, so durchlief ein lustiges Lachen die Versammlung. Die Musikanten schämten sich lächelnd ihrer Empfindsamkeit und Torheit, und flüsternd vereinbarten sie, dass der nächste Stundenschlag sie nicht wieder derart aus der Fassung bringen solle. Allein wenn nach wiederum sechzig Minuten (dreitausendsechshundert Sekunden der flüchtigen Zeit) die Uhr von neuem anschlug, trat dasselbe allgemeine Unbehagen ein, dasselbe Bangen und Sinnen wie vordem.

Doch wenn man hiervon absah, war es eine prächtige Lustbarkeit. Der Prinz hatte einen eigenartigen Geschmack bewiesen. Er hatte ein feines Empfinden für Farbenwirkungen. Alles Herkömmliche und Modische war ihm zuwider, er hatte seine eigenen kühnen Ideen, und seine Phantasie liebte seltsame glühende Bilder. Es gab Leute, die ihn für wahnsinnig hielten. Sein Gefolge aber wusste, dass er es nicht wahr. Doch man musste ihn sehen und kennen, um dessen gewiss zu sein.

Die Einrichtung und Ausschmückung der sieben Gemächer war eigens für dieses Fest ganz nach des Prinzen eigenen Angaben gemacht worden, und sein eigener merkwürdiger Geschmack hatte auch den Charakter der Maskerade bestimmt. Gewiss, sie war grotesk genug. Da gab es viel Prunkendes und Glitzerndes, viel Phantastisches und Pikantes. Da gab es Masken mit seltsam verrenkten Gliedmaßen, die Arabesken vorstellen sollten, und andere, die man nur mit den Hirngespinsten eines Wahnsinnigen vergleichen konnte. Es gab viel Schönes und viel Üppiges, viel Übermütiges und viel Groteskes, und auch manch Schauriges – aber nichts, was irgendwie widerwärtig gewirkt hätte. In der Tat, es schien, als wogten in den sieben Gemächern eine Unzahl von Träumen durcheinander. Und diese Träume wanden sich durch die Säle, deren jeder sie mit seinem besonderen Licht umspielte, und die tollen Klänge des Orchesters schienen wie ein Echo ihres Schreitens. Von Zeit zu Zeit aber riefen die Stunden der schwarzen Riesenuhr in dem Sammetsaal, und eine kurze Weile herrschte eisiges Schweigen – nur die Stimme der Uhr erdröhnte. Die Träume erstarrten. Doch das Geläut verhallte – und ein leichtes halbunterdrücktes Lachen folgte seinem Verstummen. Die Musik rauschte wieder, die Träume belebten sich von neuem und wogten noch fröhlicher hin und her, farbig beglänzt durch das Strahlenlicht der Flammenbecken, das durch die vielen bunten Scheiben strömte. Aber in das westliche der sieben Gemächer wagte sich jetzt niemand mehr hinein, denn die Nacht war schon weit vorgeschritten, und greller noch floss das Licht durch die blutroten Scheiben und überflammte die Schwärze der düsteren Draperien; wer den Fuß hier auf den dunklen Teppich setzte, dem dröhnte das dumpfe, schwere Atmen der nahen Riesenuhr warnender, schauerlicher ins Ohr als allen jenen, die sich in der Fröhlichkeit der anderen Gemächer umhertummelten.

Diese anderen Räume waren überfüllt, und in ihnen schlug fieberheiß das Herz des Lebens. Und der Trubel rauschte lärmend weiter, bis endlich die ferne Uhr den Zwölfschlag der Mitternacht erschallen ließ. Und die Musik verstummte, so wie früher; und der Tanz wurde jäh zerrissen, und wie früher trat ein plötzlicher unheimlicher Stillstand ein. Jetzt aber musste der Schlag der Uhr zwölf mal ertönen; und daher kam es, dass jenen, die in diesem Kreis die Nachdenklichen waren, noch trübere Gedanken kamen, und dass ihre Versonnenheit noch länger andauerte. Und daher kam es wohl auch, dass, bevor noch der letzte Nachhall des letzten Stundenschlages erstorben war, manch einer Muße genug gefunden hatte, eine Maske zu bemerken, die bisher noch keinem aufgefallen war. Das Gerücht von dieser neuen Erscheinung sprach sich flüsternd herum, und es erhob sich in der ganzen Versammlung ein Summen und Murren des Unwillens und der Entrüstung – das schließlich zu Lauten des Schreckens, des Entsetzens und höchsten Abscheus anwuchs.

Man kann sich denken, dass es keine gewöhnliche Erscheinung war, die den Unwillen einer so toleranten Gesellschaft erregen konnte. Man hatte in dieser Nacht der Maskenfreiheit zwar sehr weite Grenzen gezogen, doch die fragliche Gestalt war in der Tat zu weit gegangen – über des Prinzen weitgehende Duldsamkeit hinaus. Auch in den Herzen der Übermütigsten gibt es Saiten, die nicht berührt werden dürfen, und selbst für die Verstocktesten, denen Leben und Tod nur Spiel ist, gibt es Dinge, mit denen sie nicht Scherz treiben lassen. Einmütig schien die Gesellschaft zu empfinden, dass in Tracht und Benehmen der befremdenden Gestalt weder Witz noch Anstand sei. Lang und hager war die Erscheinung, von Kopf zu Fuß in Leichentücher gehüllt. Die Maske, die das Gesicht verbarg, war dem Antlitz eines Toten täuschend nachgebildet. Und doch, all dieses hätten die tollen Gäste des tollen Gastgebers, wenn es ihnen auch nicht gefiel, noch hingehen lassen. Aber der Verwegene war so weit gegangen, die Gestalt des ›Roten Todes‹ darzustellen. Sein Gewand war mit Blut besudelt, und seine breite Stirn, das ganze Gesicht sogar, war mit dem scharlachroten Todesspiegel gefleckt.

Als die Blicke des Prinzen Prospero diese Gespenstergestalt entdeckten, die, um ihre Rolle noch wirkungsvoller zu spielen, sich langsam und feierlich durch die Reihen der

Tanzenden bewegte, sah man, wie er im ersten Augenblick von einem Schauer des Entsetzens oder des Widerwillens geschüttelt wurde; im nächsten Moment aber rötete sich seine Stirn in Zorn.

»Wer wagt es«, fragte er mit heiserer Stimme die Höflinge an seiner Seite, »wer wagt es, uns durch solch gotteslästerlichen Hohn zu empören? Ergreift und demaskiert ihn, damit wir wissen, wer es ist, der bei Sonnenaufgang an den Zinnen des Schlosses aufgeknüpft werden wird!«

Es war in dem östlichen, dem blauen Zimmer, in dem Prinz Prospero diese Worte rief. Sie hallten laut und deutlich durch alle sieben Gemächer – denn der Prinz war ein kräftiger und kühner Mann, und die Musik war durch eine Bewegung seiner Hand zum Schweigen gebracht worden.

Das blaue Zimmer war es, in dem der Prinz stand, umgeben von einer Gruppe bleicher Höflinge. Sein Befehl brachte Bewegung in die Höflingsschar, als wolle man den Eindringling angreifen, der gerade jetzt ganz in der Nähe war und mit würdevoll gemessenem Schritt dem Sprecher näher trat. Doch das namenlose Grauen, das die wahnwitzige Vermessenheit des Vermummten allen eingeflößt hatte, war so stark, dass keiner die Hand ausstreckte, um ihn aufzuhalten. Ungehindert kam er bis dicht an den Prinzen heran – und während die zahlreiche Versammlung zu Tode entsetzt zur Seite wich und sich in allen Gemächern bis an die Wand zurückdrängte, ging er unangefochten seines Weges, mit den nämlichen feierlichen und gemessenen Schritten wie zu Beginn. Und er schritt von dem blauen Zimmer in das purpurrote – von dem purpurroten in das grüne – von dem grünen in das orangefarbene – und aus diesem in das weiße – und weiter noch in das violette Zimmer, ehe eine entscheidende Bewegung gemacht wurde, um ihn aufzuhalten. Dann aber war es Prinz Prospero, der rasend vor Zorn und Scham über seine eigene unbegreifliche Feigheit die sechs Zimmer durcheilte – er allein, denn von den anderen vermochte infolge des tödlichen Schreckens kein einziger ihm zu folgen. Den Dolch in der erhobenen Hand war er in wildem Ungestüm der weiterschreitenden Gestalt bis auf drei oder vier Schritte nahe gekommen, als diese, die jetzt das Ende des Sammetgemaches erreicht hatte, sich plötzlich zurückwandte und dem Verfolger gegenüberstand. Man hörte einen durchdringenden Schrei, der Dolch fiel blitzend auf den schwarzen Teppich, und im nächsten Augenblick sank auch Prinz Prospero im Todeskampf zu Boden.

Nun stürzten mit dem Mute der Verzweiflung einige der Gäste in das schwarze Gemach und ergriffen den Vermummten, dessen hohe Gestalt aufrecht und regungslos im Schatten der schwarzen Uhr stand. Doch unbeschreiblich war das Grauen, das sie befiel, als sie in den Leichentüchern und hinter der Leichenmaske, die sie mit rauhem Griffe packten, nichts Greifbares fanden – sie waren leer ...

Und nun erkannte man die Gegenwart des Roten Todes. Er war gekommen wie ein Dieb in der Nacht. Und einer nach dem anderen sanken die Festgenossen in den blutbetauten Hallen ihrer Lust zu Boden und starben – ein jeder in der verzerrten Lage, in der er verzweifelnd niedergefallen war. Und das Leben in der Ebenholzuhr erlosch mit dem Leben des letzten der Fröhlichen. Und die Gluten in den Kupferpfannen verglommen. Und unbeschränkt herrschte über alles mit Finsternis und Verwesung der Rote Tod.

DAS FASS AMONTILLADO

Alle die tausend kränkenden Reden Fortunatos ertrug ich, so gut ich konnte, als er aber Beleidigungen und Beschimpfungen wagte, schwor ich ihm Rache. Ihr werdet doch nicht annehmen – ihr, die ihr so gut das Wesen meiner Seele kennt –, dass ich eine Drohung laut werden ließ. Einmal würde ich gerächt sein! Aber die Bestimmtheit, mit der ich meinen Entschluss fasste, verbot mir alles, was mein Vorhaben gefährden konnte. Ein Unrecht ist nicht bestraft, wenn den Rächer Vergeltung trifft für seine Rachetat; es ist auch nicht bestraft, wenn es dem Rächer nicht gelingt, sich als solcher seinem Opfer zu zeigen.

Es muss vorausgeschickt werden, dass ich Fortunato weder mit Wort noch Tat Grund gegeben, meine gute Gesinnung anzuzweifeln. Ich war weiter liebenswürdig zu ihm, und er gewahrte nicht, dass mein Lächeln jetzt dem Gedanken seiner Vernichtung galt.

Er hatte eine Schwäche, dieser Fortunato – obschon er in anderer Hinsicht ein geachteter und sogar gefürchteter Mann war. Er brüstete sich damit, dass er ein Weinkenner sei. Nur wenige Italiener besitzen den wahren Kunstverstand. Sie begeistern sich meist nur für eine einzige Sache: für betrügerische Manipulationen gegenüber britischen und österreichischen Millionären. In der Beurteilung von Bildern und Edelsteinen war Fortunato, gleich seinen Landsleuten, ein unwissender Prahlhans, in bezug auf alte Weine aber hatte er ein ehrliches und sicheres Urteil. Hierin stand ich selbst ihm kaum nach; ich kannte die italienischen Weine gut und kaufte viel, sooft sich mir günstige Gelegenheit bot.

Es war in der tollen Karnevalszeit, als ich an einem dämmerigen Abend meinem Freunde begegnete. Er begrüßte mich mit übertriebener Wärme, denn er hatte viel getrunken. Der Mann war maskiert. Er trug ein enganliegendes, zur Hälfte gestreiftes Gewand, und auf seinem Kopfe erhob sich die konisch geformte Narrenkappe. Ich freute mich so sehr, ihn zu sehen, dass ich gar kein Ende finden konnte, ihm die Hand zu schütteln.

Ich sagte zu ihm: »Mein lieber Fortunato, es freut mich, dich zu treffen. Wie prächtig du heute aussiehst – außerordentlich wohl! Doch höre: ich habe ein Fass Wein bekommen, das für Amontillado gilt, und ich habe meine Zweifel.«

»Wie?« sagte er, »Amontillado? Ein Fass? Unmöglich! Und mitten im Karneval?«

»Ich habe meine Zweifel«, erwiderte ich. »Und ich war töricht genug, den vollen Amontillado-Preis zu zahlen, ohne dich erst zu Rate zu ziehen. Du warst nicht zu finden, und ich fürchtete, durch eine Verzögerung den ganzen Handel zu verlieren.«

»Amontillado!«

»Ich habe meine Zweifel.«

»Amontillado!«

»Und ich muss sie zum Schweigen bringen.«

»Amontillado!«

»Da du beschäftigt bist, werde ich Luchesi aufsuchen. Wenn einer ein kritisches Urteil hat, ist er es. Er wird mir sagen – «

»Luchesi kann Amontillado nicht von Sherry unterscheiden!«

»Und doch behaupten so ein paar Narren, dass sein Weinverstand dem deinigen gleichkomme.«

»Komm, lass uns gehen.«

»Wohin?«

»In deine Kellereien.«

»Nein, mein Freund; ich will nicht deine Gutmütigkeit ausnützen. Ich sehe, du bist beschäftigt. Luchesi – «

»Ich bin nicht beschäftigt, komm!«

»Lieber Freund, nein! Es ist ja nicht nur das, dass du etwas anderes vorhattest; du bist ernstlich erkältet. Die Kellergewölbe sind unerträglich feucht. Sie haben eine Salpeterkruste angesetzt.«

»Lass uns trotzdem gehen! Die Erkältung ist nicht der Rede wert. Amontillado! Man hat dich betrogen; und Luchesi – der kann Sherry von Amontillado nicht unterscheiden.«

Mit diesen Worten zog Fortunato mich fort. Ich nahm eine schwarze Seidenmaske vors Gesicht, hüllte mich dicht in meinen Mantel und duldete, dass er mich eilends zu meinem Palazzo geleitete.

Die Dienerschaft war nicht zu Hause; der Karneval hatte sie hinausgelockt. Ich hatte den Leuten gesagt, dass ich nicht vor dem nächsten Morgen heimkommen würde, und ihnen streng verboten, sich aus dem Hause zu rühren. Ich wusste, dass dies genügte, damit alle zusammen, sobald ich ihnen den Rücken wandte, davonliefen.

Ich nahm aus den Ringen an der Wand zwei Fackeln, gab Fortunato eine davon und komplimentierte ihn durch mehrere Zimmerreihen in den Bogengang, der zu den Gewölben führte. Ich schritt eine lange gewundene Treppe hinab und bat ihn, mir vorsichtig zu folgen. Endlich kamen wir unten an und standen zusammen in der feuchten Tiefe der Katakomben der Montresors.

Der Gang meines Freundes war unsicher, und die Schellen an seiner Kappe klingelten bei jedem Schritt.

»Das Fass!« sagte er.

»Das ist weiter hinten«, antwortete ich. »Siehst du das weiße Gewebe, das da ringsum von den Kellermauern leuchtet?«

Er wandte sich mir zu und sah mir in die Augen. Seine Blicke waren feucht von Schnupfen und Trunkenheit.

»Salpeter?« fragte er schließlich.

»Salpeter«, erwiderte ich. »Wie lange hast du schon diesen Husten?«

Er hustete, hustete, hustete. Mein armer Freund konnte minutenlang keine Antwort geben.

»Es ist nichts«, erwiderte er dann.

»Komm«, sagte ich sehr bestimmt, »wir wollen umkehren; deine Gesundheit ist kostbar. Du bist reich, geachtet, bewundert, geliebt; du bist glücklich, wie ich einst war. Du würdest eine Lücke hinterlassen. Um mich ist es nicht schade. Wir wollen umkehren! Du wirst krank werden, und ich kann das nicht verantworten. Übrigens kann ja Luchesi – «

»Genug!« sagte er. »Der Husten ist ganz belanglos; er wird mich nicht umbringen. Ich werde nicht daran zugrunde gehen.«

»Wahr – wahr«, erwiderte ich. »Wirklich, ich hatte nicht die Absicht, dich unnötig zu beunruhigen – aber du solltest die Vorsicht nicht außer acht lassen. Ein Schluck Médoc wird uns vor der Einwirkung der Dünste schützen.«

Bei diesen Worten zog ich aus einer langen Flaschenreihe, die längs der Mauer auf der Erde lag, eine Flasche hervor und schlug ihr den Hals ab.

»Trink«, sagte ich und bot ihm den Wein. Er setzte ihn an die Lippen. Er hielt inne und nickte mir vertraulich zu; seine Glöckchen klingelten.

»Ich trinke«, sagte er, »auf die Toten, die hier unten ruhen.«

»Und ich auf dein langes Leben!«

Er nahm von neuem meinen Arm, und wir gingen weiter.

»Diese Gewölbe«, sagte er, »sind weitläufig.«

»Die Montresors«, erwiderte ich, »waren eine große und zahlreiche Familie.«

»Ich vergaß dein Wappenzeichen.«

»Ein riesiger goldener Fuß in blauem Felde; der Fuß zertritt eine sich bäumende Schlange, deren Zähne ihm in der Ferse sitzen.«

»Und das Motto?«

»Nemo me impune lacessit.«

»Gut!« sagte er.

Der Wein flackerte aus seinen Augen, und die Glöckchen klingelten. Auch mir stieg der Médoc zu Kopfe. Wir waren an einer ganzen Reihe aufgestapelter Skelette und Fässer vorbei bis in den entferntesten Teil der Katakomben gelangt. Ich blieb wieder stehen, und diesmal wagte ich es, Fortunato am Arm zu rütteln.

»Der Salpeter!« sagte ich. »Sieh, wie es immer mehr wird. Er hängt an den Wölbungen wie Moos. Wir sind unter dem Flussbett. Die Nässe tropft durch die Skelette. Komm, wir wollen umkehren, ehe es zu spät ist. Dein Husten – «

»Nicht der Rede wert«, sagte er; »lass uns weitergehen. Vorher aber ... noch einen Schluck Médoc.«

Ich schlug einer Flasche de Grave den Hals ab und reichte sie ihm. Er leerte sie mit einem Zug. In seinen Augen flackerte ein wildes Licht. Er lachte und warf die Flasche mit einer seltsamen Bewegung zur Decke – eine Geste, die ich nicht verstand.

Ich sah ihn verwundert an. Er wiederholte die absonderliche Geste.

»Du verstehst nicht?« fragte er.

»Nicht im geringsten«, antwortete ich.

»Du gehörst nicht zur Bruderschaft!«

»Wie?«

»Du bist kein Maurer.«

»Ja, ja«, sagte ich. »Jawohl, ja.«

»Du? Unmöglich! Ein Maurer?«

»Ein Maurer«, antwortete ich.

»Ein Zeichen!« sagte er.

»Hier ist es«, erwiderte ich, aus den Falten meines Überwurfs eine Maurerkelle hervorziehend.

»Du spaßest«, rief er aus und wich vor mir zurück. »Aber komm weiter zum Amontillado!«

»Gut also«, sagte ich, nahm die Kelle wieder unten den Mantel und bot ihm den Arm. Er lehnte sich schwer darauf. Wir setzten unseren Weg fort. Wir gingen durch mehrere niedere Bogengänge, gingen hinab, hinauf und wieder hinab, und betraten nun eine tiefe Gruft, wo die Luft so modrig war, dass unsere Fackeln nicht mehr flammten, sondern nur noch schwelten.

Am entlegensten Ende der Gruft kam eine andere, kleinere zum Vorschein. An ihren Wänden waren bis zur Decke hinauf Menschenknochen aufgestapelt gewesen, ähnlich wie in den großen Katakomben von Paris. Drei Seiten dieser innersten Gruftkammer waren noch jetzt so geschmückt.

Von der vierten waren die Knochen weggeräumt; sie lagen auf dem Boden herum und waren an einer Stelle zu einem Haufen aufgetürmt. Inmitten der so bloßgelegten Mauer bemerkten wir noch eine letzte Höhlung. Sie war etwa vier Fuß tief, drei Fuß breit und sechs bis sieben Fuß hoch. Sie schien nicht zu irgendeinem besonderen Zwecke gemacht worden zu sein, sondern bildete lediglich den Zwischenraum zwischen drei der mächtigen Stützpfeiler, die die Deckenwölbung der Katakomben trugen; ihre Rückwand wurde von einer der massiven Granitmauern gebildet.

Vergeblich hob Fortunato seine trübe Fackel, um in die Tiefe der Höhlung zu spähen. Das schwache Licht gestattete nicht, die Rückwand zu erblicken.

»Geh weiter«, sagte ich. »Hier drin ist der Amontillado. Übrigens könnte Luchesi – «

»Er ist ein Dummkopf«, fiel mir mein Freund ins Wort, während er unsicher vorwärts schritt; ich folgte ihm auf den Fersen. Einen Augenblick später hatte er das Ende der Höhlung erreicht; verdutzt stand er vor der Mauer, die ihm Halt gebot. Und noch einen Augenblick später hatte ich ihn an den Granit gefesselt. In der Mauer befanden sich auf gleicher Höhe und in zwei Fuß Entfernung voneinander zwei Schließhaken; an einem derselben hing eine kurze Kette, am anderen ein Vorlegeschloss. Ich warf die Kette um Fortunatos Leib und befestigte sie im Schloss. Das Ganze war das Werk weniger Sekunden. Er war zu verblüfft, um Widerstand entgegenzusetzen. Ich zog den Schlüssel ab und trat aus der Nische zurück.

»Streich mit der Hand über die Mauer«, sagte ich. »Du wirst den Salpeter fühlen. Wahrhaftig, es ist bedenklich feucht darin. Noch einmal: lass dich beschwören, umzukehren! Nein? Dann muss ich dich wirklich verlassen. Aber zuerst muss ich dir noch alle die kleinen Aufmerksamkeiten erweisen, die in meiner Macht stehen.«

»Der Amontillado!« rief mein Freund, der sich von seinem Erstaunen noch nicht erholt hatte.

»Wahr«, erwiderte ich; »der Amontillado.«

Bei diesen Worten machte ich mir am Knochenhaufen zu schaffen, von dem ich vorhin gesprochen habe. Ich warf die Knochen beiseite und legte bald eine Anzahl Bausteine und ein Häufchen Mörtel bloß. Mit diesen Materialien und mit Hilfe der Maurerkelle begann ich, eilig den Eingang der Nische zuzumauern.

Ich hatte kaum die erste Reihe des Mauerwerks errichtet, als ich entdeckte, dass Fortunatos Betrunkenheit sehr nachgelassen hatte. Das erste Anzeichen dafür gab mir ein leiser klagender Schrei, der aus der Tiefe der Höhlung kam. Es war nicht der Schrei eines Betrunkenen. Dann folgte ein langes eigensinniges Schweigen. Ich mauerte eine zweite Reihe – und eine dritte und vierte; und dann hörte ich das wütende Stoßen und Schwingen der festgespannten Kette. Das Geräusch dauerte mehrere Minuten, während welcher ich, um besser lauschen zu können, meine Arbeit einstellte und mich auf den Knochenhaufen setzte. Als das hastige Klirren endlich aufhörte, ergriff ich von neuem die

Kelle und vollendete ohne Unterbrechung die fünfte, die sechste und die siebente Reihe. Der Wall war nun fast in gleicher Höhe mit meiner Brust. Ich hielt von neuem inne, hob die Fackel über das Mauerwerk und warf damit ein paar schwache Strahlen auf die Gestalt da drinnen.

Da stieß der Gefesselte plötzlich wilde Schreie aus – viele laute gellende Schreie, die mich zurücktaumeln machten. Einen Augenblick zögerte ich – zitterte ich. Ich zog den Degen und stach damit in das Dunkel der Nische hinein. Doch nach kurzer Überlegung beruhigte ich mich wieder. Ich legte die Hand auf das massige Gemäuer der Katakomben und war befriedigt. Ich trat wieder an meine Mauer. Ich antwortete auf das Geheul des Rufenden. Ich ahmte es nach – verstärkte es – übertönte es. Das tat ich eine Weile, und der Schreier wurde still.

Es war jetzt Mitternacht, und meine Arbeit nahte sich ihrem Ende. Ich hatte die achte, die neunte und die zehnte Reihe vollendet. Ich hatte einen Teil der elften und letzten Reihe beendet; es blieb nur noch ein einziger Stein einzusetzen und festzumauern. Ich rang mit seinem Gewicht. Ich hob ihn an seinen Platz, konnte ihm jedoch nicht sogleich eine richtige Lage geben. Jetzt kam aus der Nische ein leises Lachen, das mir die Haare auf dem Kopf zu Berge stehen machte. Dann sprach eine traurige Stimme, die ich nur schwer als die Stimme des edlen Fortunato erkennen konnte. Die Stimme sagte:

»Ha ha ha – he he – wahrhaftig ein guter Spaß, wir werden im Palazzo noch oft darüber lachen – he he he – über unseren Wein – he he he!«

»Den Amontillado!« sagte ich.

»He he he – – he he – ja, den Amontillado. Aber ist es nicht schon spät? Werden sie uns nicht im Palazzoer warten? Die Lady Fortunato und die anderen? Lass uns gehen.«

»Ja«, sagte ich, »lass uns gehen.«

»Bei der Liebe Gottes, Montresor!«

»Ja«, sagte ich, »bei der Liebe Gottes!«

Aber auf diese Worte erwartete ich vergeblich eine Antwort. Ich wurde ungeduldig, ich rief laut:

»Fortunato!«

Keine Antwort.

Ich rief wieder:

»Fortunato!«

Noch keine Antwort.

Ich nahm seine Fackel, stieß sie durch die Öffnung und ließ sie drinnen zu Boden fallen. Als Antwort kam nur ein Klingeln der Schellen. Mein Herz wurde schwer – infolge der Moderluft in den Katakomben. Ich beeilte mich, meine Arbeit zu beenden. Ich zwang den letzten Stein in seine richtige Lage. Ich mauerte ihn ein. Gegen das neue Mauerwerk türmte ich den alten Knochenwall auf. Seit einem halben Jahrhundert hat kein Sterblicher ihn angerührt. In pace requiescat!

WILLIAM WILSON

Was sagt von ihm das grimme Gewissen,
Jenes Gespenst in meinem Weg?
W. Chamberlaynes Pharonnia

Erlaubt, dass ich mich William Wilson nenne. Das reine schöne Blatt hier vor mir soll nicht mit meinem wahren Namen befleckt werden, der meine Familie mit Abscheu und Entsetzen, je mit Ekel erfüllt. Haben nicht die empörten Winde seine Schmach bis in die entlegensten Länder der Erde getragen? Verworfenster aller verlassenen Verworfenen, bist du für die Welt nicht auf immer tot? Tot für ihre Ehren, ihre Blumen, ihre goldenen Hoffnungen? Und hängt sie nicht ewig zwischen deinem Hoffen und dem Himmel – die dichte schwere grenzenlose graue Wolke?

Selbst wenn ich es könnte, würde ich es doch vermeiden, von dem unaussprechlichen Elend und der unverzeihlichen Verdorbenheit meiner letzten Jahre hier zu reden. Von dieser Zeit – von diesen letzten Jahren, die meine Seele so mit Schändlichkeit belastet, will ich nur insofern reden, als ich versuchen will, hier niederzulegen, was mich so in die Tiefen des Bösen hineingetrieben. Gewöhnlich sinkt der Mensch nur nach und nach. Von mir fiel alle Tugend in einem Augenblicke ab, gleich einem Mantel. Aus verhältnismäßig geringer Schlechtigkeit wuchs ich mit Riesenkraft zu den Ungeheuerlichkeiten eines Heliogabalus auf. Welcher Zufall – welches eine Ereignis dies veranlasste, will ich euch jetzt berichten.

Mir naht der Tod, und der Schatten, der ihm vorhergeht, hat meinen Geist sanftmütig gemacht. Da ich nun das düstere Tal durchschreiten muss, verlangt mich nach dem Mitgefühl, fast hätte ich gesagt nach dem Mitleid meiner Menschenbrüder. Ich möchte sie gerne davon überzeugen, dass ich in gewissem Grade der Sklave von Umständen gewesen bin, die außerhalb menschlicher Berechnung liegen. Ich möchte, dass sie inmitten der Einzelheiten, die ich hier wiedergeben will, in all der Wüste von Fehl und Verirrung, hie und da wie eine Oase die unerbittliche Schicksalsfügung fänden. Ich möchte, dass sie eingeständen, dass – wie sehr auch wir Menschen von Anbeginn der Welt versucht worden – nicht einer so verflucht wurde wie ich und gewisslich nicht einer so unterlag. Lebte ich nicht vielleicht in einem Traum und sterbe als ein Opfer geheimer und schrecklicher äußerer Kräfte, die in uns wirken?

Ich bin der Abkömmling eines Geschlechtes, das sich von jeher durch eine starke Einbildungskraft und ein leicht erregbares Temperament auszeichnete; und schon in frühester Kindheit bewies ich, dass ich ein echter Erbe dieser Familienveranlagung sei. Je mehr ich heranwuchs, desto mehr entwickelten sich jene Eigenschaften, die aus vielen Gründen meinen Freunden zu einer Quelle der Besorgnis und mir selbst zum Kummer wurden. Ich wurde eigensinnig, ein Sklave all meiner wunderlichen Leidenschaften. Meine willensschwachen Eltern, die im Grunde an denselben Fehlern litten wie ich, konnten wenig tun, meine bösen Neigungen zu unterdrücken. Einige schwache und unrichtig angefangene Versuche endeten für sie in völligem Misslingen und infolgedessen für mich in hohem Triumph. Von nun ab war mein Wort Gesetz im Hause, und in einem Alter, in dem andere Kinder fast noch am Gängelbande hängen, war ich in Tun und Lassen mein eigener Herr.

Meine ersten Erinnerungen an einen regelrechten Unterricht sind mit einem großen weitläufigen Hause in einem düsteren Städtchen Englands verknüpft, wo es eine große Menge riesiger, knorriger Bäume gab und alle Häuser uralt waren. Ja wirklich, es war ein Städtchen wie in einem stillen Traum; alles dort wirkte ehrwürdig und beruhigend. Jetzt, da ich das schreibe, fühle ich wieder im Geiste die erfrischende Kühle seiner tiefschattigen Alleen, atme den Duft seiner tausend Büsche und Hecken und erschauere von neuem unter dem tiefdunklen Ton seiner Kirchenglocken, die Stunde für Stunde mit plötzlichem Dröhnen die Sonnennebel durchbrachen, in die der verwitterte Kirchturm schlummernd eingebettet lag.

Das Verweilen bei diesen Einzelheiten der Schule und ihrer Umgebung bereitet mir vielleicht die einzige Freude, derer ich jetzt noch fähig bin. Mir, der ich so tief im Elend stecke, der ich die Wirklichkeit so dunkel lastend empfinde, wird man verzeihen, dass ich geringe und zeitweilige Erholung suche im Verweilen bei solchen Einzelheiten, die überdies, so unbedeutend und vielleicht sogar lächerlich sie scheinen mögen, in meiner Erinnerung von großer Wichtigkeit sind, da sie zu einer Zeit und einem Orte in Beziehung stehen, in denen mir die erste unklare Kunde wurde von dem dunklen Geschick, das mich später so ganz umschattete. Erlaubt mir also diese Rückerinnerungen.

Das Haus, ich sagte es schon, war alt und von weitläufiger, unregelmäßiger Bauart. Das Grundstück war sehr umfangreich und von einer hohen festen Backsteinmauer umschlossen, die oben mit Mörtel bestrichen war, in dem Glassplitter steckten. Dieser Festungswall, diese Gefängnismauer bildete die Grenze unseres Reiches, das wir nur dreimal in der Woche verlassen durften: einmal Samstag Nachmittag, wenn wir, von zwei Unterlehrern begleitet, gemeinsam einen kurzen Spaziergang in die angrenzenden Felder machen durften, und zweimal des Sonntags, wenn man uns in Reih und Glied zum Morgen- und Abendgottesdienst in die Stadtkirche führte. Der Pfarrer dieser Kirche war unser Schulvorsteher. Mit welch tiefer Verwunderung, ja Ratlosigkeit pflegte ich ihn von unserem entlegenen Platz auf dem Chor aus zu betrachten, wenn er mit feierlich abgemessenen Schritten zur Kanzel emporstieg! Dieser heilige Mann, mit der so gottergebenen Miene, im strahlenden Priestergewande, mit sorgsam gepuderter, steifer und umfangreicher Perücke – konnte das derselbe sein, der mit saurer Miene und tabakbeschmutzter Kleidung, den Stock in der Hand, drakonische Gesetze ausübte? O ungeheurer Widerspruch, o ewig unbegreifliches Rätsel!

In einem Winkel der gewaltigen Mauer drohte ein noch gewaltigeres Tor. Es war mit Eisenstangen verriegelt und von Eisenspieße überragt. Welch tiefe Furcht flößte es ein! Es öffnete sich nie, abgesehen für die drei regelmäßig wiederkehrenden wöchentlichen Ausgänge; dann aber fanden wir in jedem Kreischen seiner mächtigen Angeln eine Fülle des Geheimnisvollen, eine Welt von Stoff für ernstes Gespräch oder stumme Betrachtung.

Das weite Grundstück war von unregelmäßiger Form und hatte manche umfangreiche Plätze. Drei oder vier der größten bildeten den Spielhof. Er war eben und mit feinem harten Kies bedeckt; weder Bäume noch Bänke standen dort. Natürlich lag er in der Nähe des Hauses. Vor dem Hause lag ein schmaler Rasenplatz, mit Buchsbaum und anderem Strauchwerk eingefasst; diesen geheiligten Teil überschritten wir jedoch nur selten, etwa bei Ankunft in der Schule oder bei der endgültigen Abreise oder, wenn ein Verwandter oder Freund uns eingeladen, die Weihnachts- oder Sommerferien bei ihm zu verleben.

Aber das Haus! – Was war es für ein komischer, alter Bau! Für mich ein wahres Zauberschloss! Seine Winkel und Gänge, seine unbegreiflichen Ein- und Anbauten nahmen kein Ende. Es war jederzeit schwierig, anzugeben, in welchem seiner beiden Stockwerke man sich gerade befand. Man konnte sicher sein, von einem Zimmer zum anderen immer ein paar Stufen hinauf oder hinunter zu müssen. Dann gab es zahllose Seitengänge, die sich trennten und wieder vereinigten oder sich wie ein Ring in sich selbst schlossen, so dass der klarste Begriff, den wir vom ganzen Hause hatten, beinahe der Vorstellung gleichkam, die wir uns von der Unendlichkeit machten. Während der fünf Jahre, die ich hier verlebte, konnte ich nie mit Sicherheit feststellen, in welchem entlegenen Teile der kleine Schlafsaal lag, der mir und etlichen, achtzehn oder zwanzig, anderen Schülern zugewiesen war.

Das Schulzimmer schien mir der größte Raum im Hause – ja, in der ganzen Welt! Es war sehr lang, schmal und auffallend niedrig, mit spitzen, gotischen Fenstern und einer Decke aus Eichenholz. In einem entlegenen, Schrecken einflößenden Winkel befand sich ein viereckiger Verschlag von acht oder zehn Fuß Durchmesser, der stets während der Unterrichtsstunden das ›sanctum‹ unseres

Schulvorstehers, des Reverend Dr. Bransby bildete. Der Verschlag war durch eine mächtige Türe wohlverwahrt, und wir wären lieber unter Martern gestorben, als dass wir gewagt hätten, in Abwesenheit des Dominus die Türe zu öffnen. In anderen Winkeln standen zwei ähnliche Kästen, vor denen wir zwar weniger Ehrfurcht, aber immerhin Furcht hatten. Einer derselben war das Katheder des Lehrers für klassische Sprachen, der andere das für den Lehrer des Englischen, der gleichzeitig Mathematiklehrer war. Verstreut im Saal, kreuz und quer in wüster Unregelmäßigkeit, standen zahlreiche Bänke und Pulte, schwarz, alt und abgenutzt, mit Stapeln abgegriffener Bücher bedeckt und so mit Initialen, ganzen Namen, komischen Figuren und anderen künstlerischen Schnitzversuchen bedeckt, dass sie ganz ihre ursprüngliche Form, die sie in längst vergangenen Tagen besessen haben mussten, eingebüßt hatten. Am einen Ende des Saales stand ein riesiger Eimer mit Wasser, am anderen eine Uhr von verblüffenden Dimensionen.

Eingeschlossen von den gewaltigen Mauern dieser ehrwürdigen Anstalt, verbrachte ich das dritte Lustrum meines Lebens – doch weder in Langeweile noch Unbehagen. Die überschäumende Gestaltungskraft des kindlichen Geistes verlangt keine Welt der Ereignisse, um Beschäftigungen oder Unterhaltung zu finden, und die anscheinend düstere Einförmigkeit der Schule brachte mir stärkere Erregungen, als meine reifere Jugend aus dem Wohlleben oder meine volle Manneskraft aus dem Verbrechen schöpften. Ich muss allerdings annehmen, dass meine geistige Entwicklung eine ungewöhnliche, ja fast krankhafte gewesen ist. Die meisten Menschen haben in reifen Jahren selten noch eine frische Erinnerung an die großen

Ereignisse aus ihrer frühen Kindheit. Alles ist schattenhaft grau – wird schwach und unklar empfunden – ein unbestimmtes Zusammensuchen matter Freuden und eingebildeter Leiden. Mit mir war es anders. Ich muss schon als Kind mit der Empfindungskraft eines Erwachsenen alles das erlebt haben, was noch jetzt mit klaren, tiefen und unverwischbaren Schriftzügen, wie die Inschriften auf den karthagischen Münzen, in meinem Gedächtnis eingegraben steht.

Und doch, wie wenig – wenig vom Standpunkt der Menge aus – gab es, was der Erinnerung wert gewesen wäre! Das morgendliche Erwachen, der abendliche Befehl zum Schlafengehen, der Unterricht; die jeweiligen schulfreien Nachmittage mit ihren Streifzügen; der Spielplatz mit seiner Kurzweil, seinem Streit, seinen kleinen Intrigen; – all dieses, was meinem Geist wie durch einen Zauber lange Zeit ganz entrückt gewesen, war dazu angetan, eine Fülle von Empfindungen, eine Welt reichen Geschehens, eine Unendlichkeit vielfältiger Eindrücke und Leidenschaften zu erwecken. ›O le bon temps, que ce siècle de fer!‹

Es ist Tatsache: mein feuriges, begeistertes, überlegenes Wesen zeichnete mich vor meinen Schulkameraden aus und hob mich nach und nach über alle empor, die nicht etwa bedeutend älter waren als ich selbst – über alle, mit einer Ausnahme! Diese Ausnahme war ein Schüler, der, obwohl er kein Verwandter von mir war, doch den gleichen Vor- und Zunahmen trug wie ich – ein an sich unbedeutender Umstand. Denn ungeachtet meiner edlen Abkunft trug ich einen Namen, der in unvordenklichen Zeiten durch das Recht der Verjährung jedermann freigegeben worden sein mochte. Ich habe mich also hier in meiner Erzählung William Wilson genannt – ein Name, der von dem wirklichen Namen nicht allzu sehr abweicht. Von allen Kameraden nun, die bei unseren Spielen meine »Bande« bildeten, wagte es mein Namensvetter allein, sowohl im Unterricht als auch in Sport und Spiel mit mir zu wetteifern, meinen Behauptungen keinen Glauben zu schenken, sich meinem Willen nicht unterzuordnen – kurz, sich in allem gegen meine ehrgeizige Oberherrschaft aufzulehnen. Wenn es aber auf Erden einen überlegenen und unbeschränkten Despotismus gibt, so ist es der, den der Herrschergeist eines Knaben auf seine weniger willensstarken Gefährten ausübt.

Wilsons Widersetzlichkeit war für mich eine Quelle der Verwirrung, um so mehr, als ich, trotz der prahlerischen Großtuerei, mit der ich ihn und seine Anmaßungen vor den anderen behandelte, ihn im geheimen fürchtete und annehmen musste, dass nur wahre Überlegenheit ihn befähige, sich mit mir zu messen; mich aber kostete es beständige Anstrengung, nicht von ihm überflügelt zu werden. Doch wurde seine Ebenbürtigkeit in Wahrheit nur von mir selbst bemerkt; unsere Kameraden schienen in unerklärlicher Blindheit diese Möglichkeit nicht einmal zu ahnen. Auch äußerten sich seine Nebenbuhlerschaft und sein hartnäckiger Widerspruch weniger laut und aufdringlich als insgeheim. Es hatte den Anschein, als mangele ihm sowohl der Ehrgeiz, zu herrschen, als auch die leidenschaftliche Willenskraft, sich durchzusetzen. Man konnte glauben, dass nur das launische Vergnügen, mein Erstaunen zu erwecken oder mich zu ärgern, seine Nebenbuhlerschaft veranlasse; trotzdem gab es Zeiten, wo ich voll Verwunderung, Beschämung und Trotz wahrnehmen musste, dass er neben seinen Angriffen, Beleidigungen und Widerreden eine gewisse unangebrachte und mir durchaus unerwünschte Liebenswürdigkeit, ja Zuneigung verriet. Ich konnte mir sein Betragen nur als die Folge ungeheuren Dünkels erklären, der es ja immer liebt, sich in überlegenes Wohlwollen zu kleiden.

Vielleicht war es dieser letztere Zug in Wilsons Benehmen, verbunden mit der Übereinstimmung unserer Namen und dem bloßen Zufall, dass wir beide am nämlichen Tage in die Schule eingetreten waren, was bei den oberen Klassen die Meinung verbreitet hatte, wir seien Brüder; doch pflegten sich die älteren Schüler mit den Angelegenheiten der jüngeren wenig zu befassen. Ich habe schon vorher gesagt, dass Wilson nicht im entferntesten mit meiner Familie verwandt war. Doch wären wir Brüder gewesen, so hätten wir Zwillinge sein müssen; denn nachdem ich die Anstalt Dr. Brandbys verlassen, erfuhr ich durch Zufall, dass mein Namensvetter am neunzehnten Januar 1813 geboren war – und dieser Umstand ist einigermaßen bemerkenswert, denn es ist genau das Datum meiner eigenen Geburt.

Es mag seltsam erscheinen, dass ich, trotz der fortgesetzten Angst, in die mich die Rivalität Wilsons versetzte, und trotz seines unerträglichen Widerspruchsgeistes, mich nicht dahin bringen konnte, ihn wirklich zu hassen. Gewiss, wir hatten fast täglich Streit miteinander, und wenn er mir dann auch öffentlich die Siegespalme überließ, so gelang es ihm doch, mich irgendwie fühlen zu lassen, dass eigentlich er es war, der sie verdiente; aber ein gewisser Stolz meinerseits und eine echte Würde seinerseits hielten uns davon ab, ernstlich miteinander zu zanken. In unseren Charakteren jedoch gab es viel Verwandtes, und nur unser seltsamer Wetteifer war schuld daran, dass meine Gefühle für ihn nicht zu wahrer Freundschaft reiften. Es ist tatsächlich schwer, das Empfinden, das ich für ihn hatte, zu bestimmen oder zu erklären. Es war ein buntes und widersprechendes Gemisch: etwas eigensinnige Feindseligkeit, die dennoch nicht Hass war, etwas Achtung, mehr Bewunderung, viel Furcht und eine Welt rastloser Neugier. Für Seelenkenner wird es unnötig scheinen, hinzuzufügen, dass Wilson und ich die unzertrennlichsten Gefährten waren.

Sicherlich lag es an diesen ganz außergewöhnlichen Beziehungen, dass ich meine Angriffe auf ihn – und es gab deren genug, sowohl offene als versteckte – in Form einer bösen Neckerei oder eines Schabernacks ausführte, als scheinbaren Spaß, der dennoch Schmerz bereitete; eine derartige Handlungsweise lag meiner Stimmung für ihn näher als etwa ausgesprochene Feindseligkeit. Doch meine Unternehmungen gegen ihn waren keineswegs immer erfolgreich, mochte ich meine Pläne auch noch so pfiffig ausgeheckt haben; denn mein Namensvetter hatte in seinem Wesen soviel vornehme Zurückhaltung, dass er keine Achillesferse bot; wohl spottete er gerne selbst, ihn aber lächerlich zu machen, war beinahe unmöglich. Ich konnte tatsächlich nur einen wunden Punkt an ihm entdecken; es war eine persönliche Eigenheit, die vielleicht einem körperlichen Übel entsprang und wohl von jedem anderen Gegner, der nicht wie ich am Ende seiner Weisheit angelangt gewesen, geschont worden wäre. Mein Rivale hatte eine Schwäche der Sprechorgane, die ihn hinderte, seine Stimme über ein sehr leises Flüstern zu erheben. Ich verfehlte nicht, aus diesem Übel meinen armseligen Vorteil zu ziehen.

Wilson dankte mir das auf mannigfache Weise, und besonders eine Form der Rache hatte er, die mich unbeschreiblich ärgerte. Woher er die Schlauheit genommen, herauszufinden, dass solche scheinbare Kleinigkeit mich kränken könne, ist eine Frage, die ich nie zu lösen vermochte; als er die Sache aber einmal entdeckt hatte, nutzte er sie weidlich aus. Ich hatte stets einen Widerwillen vor meinem unfeinen Familiennamen und meinem so gewöhnlichen, ja geradezu plebejischen Vornamen empfunden. Sein Klang war meinen Ohren abstoßend, und als ich am Tage meines Schulantritts erfuhr, dass gleichzeitig ein zweiter William Wilson eintrete, war ich auf diesen zornig, weil er den verhassten Namen trug, und dem Namen doppelt feind, weil auch noch ein Fremder ihn führte, der nun schuld war, dass ich ihn doppelt so oft hören musste – ein Fremder, den ich beständig um mich haben sollte und dessen Angelegenheiten, so wie der Lauf der Dinge in der Schule nun einmal war, infolge der verwünschten Namensgleichheit unvermeidlicherweise mit den meinigen verknüpft und verwechselt werden mussten.

Mein durch diese Umstände hervorgerufener Verdruss nahm bei jeder Gelegenheit zu, bei der eine geistige oder leibliche Ähnlichkeit zwischen meinem Nebenbuhler und mir zutage trat. Ich hatte damals die bemerkenswerte Tatsache, dass wir ganz gleichaltrig waren, noch nicht entdeckt; aber ich sah, dass wir von gleicher Größe waren und sogar im allgemeinen Körperumriss und in den Gesichtszügen einander glichen. Auch ärgerte mich das in den oberen Klassen umlaufende Gerücht, dass wir miteinander verwandt seien. Mit einem Wort, nichts konnte mich so ernstlich verletzen, ja geradezu beunruhigen (obgleich ich diese Unruhe sorgfältig zu verbergen wusste), wie irgendein Wort darüber, dass wir einander an Geist oder Körper oder Betragen ähnlich seien. Doch hatte ich eigentlich, mit Ausnahme des Gerüchtes von unserer Verwandtschaft, keinen Grund zu der Annahme, dass unsere Ähnlichkeiten jemals zur Sprache gebracht oder überhaupt von unseren Mitschülern wahrgenommen würden. Nur Wilson selbst bemerkte sie offenbar ebenso klar wie ich; dass er darin aber ein so fruchtbares Feld für seine Quälereien fand, kann, wie ich schon einmal sagte, nur seinem ungewöhnlichen Scharfsinn zugeschrieben werden.

Die Rolle, die er spielte, bestand in einer bis ins kleinste vollendeten Nachahmung meines Ichs in Wort und Tun, und er spielte sie zum Bewundern gut. Meine Kleidung nachzuahmen, war ein leichtes; meinen Gang und meine Haltung eignete er sich ohne Schwierigkeit an; abgesehen von dem Hemmnis, das ihm sein Sprachfehler in den Weg legte, entging nicht einmal meine Stimme seiner Nachahmungskunst. Wirklich laute Töne konnte er selbstredend nicht wiederholen, aber sein Tonfall war ganz der meine, und sein eigenartiges Flüstern wurde zum vollkommenen Echo meiner eigenen Stimme.

Wie sehr dies vortreffliche Porträt mich quälte – denn eine Karikatur kann man es nicht einmal nennen – will ich nicht zu beschreiben versuchen. Ich hatte nur einen Trost: die Tatsache, dass diese Imitation offenbar nur von mir selbst wahrgenommen wurde und dass ich als einziger Mitwisser nur meinen spöttisch lächelnden Namensvetter hatte. Befriedigt in seinem Herzen, den gewünschten Erfolg erzielt zu haben, schien er innerlich über den mir glücklich beigebrachten Stich zu kichern und war bezeichnenderweise gleichgültig gegen den allgemeinen Beifall, den der Erfolg seiner schlauen Bemühungen leicht hätte einheimsen können. Dass die Schüler tatsächlich seine Absicht nicht fühlten, seine Meisterschaft nicht wahrnahmen und sich an meiner Verspottung nicht beteiligten, war mir monatelang ein unlösbares Rätsel. Vielleicht war es das allmähliche Heranreifen seiner Kopierkunst, was diese so unauffällig machte, oder noch wahrscheinlicher verdankte ich meine Sicherheit vor den anderen dem weisen Maßhalten des Kopisten, der die groben Äußerlichkeiten verachtete (also alles das, was bei einem Bilde oberflächlichen Beschauern auffallen könnte) und vor allem den ganzen Geist seines Originals wiederzugeben suchte – für meine Augen und zu meinem Kummer.

Ich habe bereits mehr als einmal davon gesprochen, welch abscheuliche Beschützermiene er mir gegenüber aufsetzte und wie vorwitzig er gegen meine Anordnungen Einspruch erhob. Seine Einmischungen geschahen oft in Gestalt von Ratschlägen – nicht offen gebotenen, aber heimlich angedeuteten. Ich nahm sie mit einem Widerwillen entgegen, der mit den Jahren immer heftiger wurde. Doch heute, nach so langer Zeit, muss ich ihm jedenfalls die Gerechtigkeit widerfahren lassen, dass ich mich keiner Gelegenheit erinnere, wo die Einflüsterungen, ja man kann sagen die beabsichtigten Suggestionen meines Rivalen eine üble oder leichtfertige Richtung genommen hätten, wie sie von seinem unreifen Alter, seiner scheinbaren Unerfahrenheit wohl zu erwarten gewesen wäre. Ich muss ferner gestehen, dass zumindest sein sittliches Fühlen, wenn auch nicht seine allgemeine Begabung, weit stärker war als das meine und dass ich heute wohl ein besserer und darum glücklicherer Mensch sein könnte, hätte ich die Ratschläge, die sein bedeutsames Flüstern andeutete, weniger oft zurückgewiesen; aber ich hasste und verachtete jedes Wort, das aus seinem Munde kam.

Mehr und mehr sträubte ich mich gegen seine widerwärtige Bevormundung und wehrte mich von Tag zu Tag offener gegen das, was ich für unerträgliche Anmaßung hielt. Ich sagte schon, dass in den ersten Jahren unserer Schulkameradschaft meine Gefühle für ihn leicht hätten in Freundschaft ausreifen können; in den letzten Monaten meines Aufenthalts in der Schule aber, in denen übrigens seine Zudringlichkeit mehr und mehr nachgelassen hatte, verwandelte sich mein Empfinden in fast demselben Verhältnis in wirklichen Hass. Ich glaube, er bemerkte das bei irgendeiner Gelegenheit und mied mich von da an – oder tat doch so.

Es war etwa um diese Zeit, wenn ich mich recht erinnere, dass er in einem heftigen Wortwechsel, den wir miteinander hatten, seine Zurückhaltung mehr als gewöhnlich aufgab und mit einer seiner Natur eigentlich fremden Offenheit auftrat. Und bei dieser Gelegenheit entdeckte ich in seinem Tonfall, seiner Miene und seiner ganzen Erscheinung ein Etwas, das mich zuerst verblüffte und dann tief fesselte. Erinnerungen, Vorstellungen aus meiner frühesten Kindheit – seltsame, verwirrte und einander überstürzende Vorstellungen aus einer Zeit, in der mein Gedächtnis noch nicht geboren war, überfielen meinen Geist. Ich kann das sonderbare Gefühl, das mich erfasste, wohl am besten wiedergeben, wenn ich sage, dass es mir schwer wurde, den Glauben abzuschütteln, diesem Wesen, das da vor mir stand, vor langer Zeit einmal, ja vielleicht in unendlich ferner Vergangenheit, verwandt gewesen zu sein. Die Täuschung verschwand jedoch so schnell wie sie gekommen, und ich erwähne sie nur, weil sie mir am Tage der letzten Unterredung mit meinem eigentümlichen Namensvetter kam.

Das riesige alte Haus mit seinen zahllosen Räumen hatte mehrere sehr große Zimmer, die miteinander in Verbindung standen und in denen die Mehrzahl der Schüler ihr Nachtlager hatte. Doch gab es auch, wie das bei einem so ungünstig gebauten Hause selbstverständlich war, viele kleine Kammern und Schlupfwinkel; und diese hatte der haushälterische Geist Dr. Bransbys ebenfalls zu Schlafräumen hergerichtet, wenn auch ein jeder so eng nur war, dass er nur einen einzigen Menschen beherbergen konnte. In einer dieser kleinen Kammern schlief Wilson.

Eines Nachts, gegen Ende meines fünften Schuljahres und kurz nach dem vorhin erwähnten Wortwechsel, erhob ich mich, als alles schlief, und schlich, mit einer kleinen Lampe in der Hand, durch ein Labyrinth von Gängen nach der Schlafkammer meines Rivalen. Da mir meine Rachepläne so oft misslungen waren, hatte ich mir nun einen neuen Schabernack ausgedacht, der ihn die ganze Bosheit fühlen lassen sollte, deren ich fähig war. Als ich sein Kämmerchen erreicht hatte, trat ich geräuschlos ein, nachdem ich die abgeblendete Lampe draußen zurückgelassen. Ich trat einen Schritt vor und hörte ihn ruhig atmen. Als ich mich davon überzeugt hatte, dass er schlief, ging ich zurück, holte die Lampe und trat ans Bett. Es war von Vorhängen umschlossen, die ich langsam und leise beiseite schob, da sie mich an der Ausführung meines Vorhabens hinderten. Das helle Licht der Lampe traf den Schläfer, als meine Blicke auf sein Antlitz fielen. Ich blickte – und Betäubung, eisige Erstarrung befiel mich. Meine Knie wankten, ich rang nach Atem, meine Seele erfüllte ein unerklärliches, unerträgliches Entsetzen. Und atemlos brachte ich die Lampe seinem Gesicht noch näher. – Dieses waren die Züge William Wilsons? Ich sah es, dass es die seinen waren, aber ich schauerte wie in einem Fieberanfall bei der Vorstellung, sie wären es nicht. Was war an ihnen, das mich so verwirrte? Ich spähte, während tausend unzusammenhängende Gedanken mein Hirn durchkreuzten. Nicht so erschien er – sicherlich nicht so in seinem lebhaft wachen Stunden. Derselbe Name, dieselbe Gestalt, derselbe Antrittstag in der Schule! Und dann sein beharrliches und sinnloses Nachahmen meines Ganges, meiner Stimme, meiner Kleidung und meines Gebarens! Lag es denn wirklich im Bereich des Möglichen – konnte das, was ich jetzt sah, lediglich das Resultat seiner spöttischen Gewohnheit, mich nachzuahmen, sein? Angsterfüllt und mit wachsendem Schauder löschte ich das Licht, ging leise aus dem Zimmer und verließ sogleich die Hallen jenes alten Schulhauses, um sie nie wieder zu betreten.

Nach Verlauf einiger Monate, die ich daheim in Nichtstun verbrachte, kam ich als Student nach Eton. Die kurze Zeit hatte genügt, um die Erinnerung an die Ereignisse im Hause Dr. Bransbys abzuschwächen oder doch um einen großen Wechsel in der Natur meiner Gefühle herbeizuführen. Das Drama hatte seine Tragik verloren. Ich fand jetzt Zeit, den Wahrnehmungen meiner Sinne zu misstrauen, und dachte selten daran zurück ohne eine gewisse Verwunderung über die autosuggestive Kraft im Menschen und ein Lächeln über die starke Einbildungskraft, mit der ich erblich belastet war. Dieser Skeptizismus konnte auch durch das Leben, das ich in Eton führte, nicht vermindert werden. Der Strudel gedankenloser Tollheit, in den ich dort sogleich und gründlich hinabtauchte, wusch von meinem vergangenen Leben alles bis auf den Schaum ab, verschluckte sofort jeden großen ernsten Eindruck und ließ in meinem Gedächtnis nur ganz belanglose Äußerlichkeiten haften.

Ich beabsichtige aber nicht, hier näher auf meine Verworfenheit einzugehen – die ruchlosen Ausschweifungen zu schildern, mit denen ich die Gesetze verachtete und der Wachsamkeit meiner Lehrmeister spottete. Drei tolle Jahre waren ohne geistigen Gewinn verprasst und hatten mir nichts gebracht als lasterhafte Gewohnheiten, die meiner körperlichen Entwicklung allerdings sonderbarerweise vorteilhaft gewesen waren. Nach solch einer Woche gehaltloser Zerstreuungen lud ich einmal eine Anzahl der lockersten Vögel, Mitstudenten, zu einem geheimen Zechgelage auf mein Zimmer. Wir versammelten uns zu später Nachtstunde, denn die Völlerei sollte bis zum Morgen ausgedehnt werden. Der Wein floss in Strömen, und es fehlte nicht an anderen und vielleicht gefährlicheren Verführungen; es dämmerte schon schwach im Osten, als unsere tolle Ausgelassenheit ihren Höhepunkt erreicht hatte. Aufgeregt vom Wein und Kartenspiel bestand ich darauf, einen ungewöhnlich ruchlosen Trinkspruch auszubringen, als meine Aufmerksamkeit plötzlich auf das heftige Öffnen einer Tür und die dringliche Stimme eines Dieners hingelenkt wurde. Der Mann sagte, es wolle mich jemand, der es anscheinend sehr eilig habe, draußen im Vorzimmer sprechen.

In meiner fröhlichen Weinstimmung fühlte ich mich von der unerwarteten Störung weniger überrascht als entzückt. Ich schwankte sofort hinaus und stand nach wenigen Schritten draußen in der Vorhalle. In dem niedrigen und schmalen Raum hing keine Laterne, und er war gegenwärtig überhaupt nicht erleuchtet – abgesehen von dem sehr schwachen Morgengrauen, das durch das halbrunde Fenster drang. Als ich den Fuß über die Schwelle setzte, gewahrte ich die Gestalt eines jungen Mannes von etwa meiner Größe, der, ganz meiner momentanen Kleidung entsprechend, einen nach neuestem Schnitt gearbeiteten Hausrock aus weißem Kaschmir trug. So viel enthüllte mir das matte Tageslicht, seine Gesichtszüge konnte ich nicht erkennen. Bei meinem Eintritt kam er eilig auf mich zu, ergriff mich mit heftiger Ungeduld am Arm und flüsterte mir die Worte ›William Wilson‹ ins Ohr.

Ich wurde sofort vollkommen nüchtern.

Da war etwas im Wesen dieses Fremden, im Zittern seines warnend erhobenen Fingers, der im Zwielicht vor meinen Augen schwankte – da war etwas, was mich mit unbegrenztem Staunen erfüllte. Aber nicht das war es, was mich so heftig erregen konnte; es war der inhaltsschwere feierliche Verweis, der in der eigenartigen, leise gezischten Äußerung lag, und vor allem der besondere Tonfall, in dem diese zwei wohlbekannten Worte geflüstert wurden und der mit tausend Erinnerungen vergangener Tage auf mich einstürmte und meine Seele traf wie mit einem elektrischen Schlag. Bevor ich wieder Herr meiner Sinne wurde, war die Gestalt verschwunden.

Obgleich der Eindruck, den dies Erlebnis auf meine zügellose Phantasie machte, ein eher tiefer war, blieb er doch nicht von langer Dauer. Einige Wochen allerdings plagte ich mich mit ernsten Fragen und war von krankhaften Vorstellungen umdüstert. Ich versuchte nicht, an der Identität dieses seltsamen Wesens mit jenem, das sich früher schon so hartnäckig in meine Angelegenheiten mischte und mich mit seinem aufdringlichen Rat quälte, zu zweifeln. Doch wer und was war dieser Wilson? Und woher kam er? Und was waren seine Absichten? Auf keine dieser Fragen fand ich eine befriedigende Antwort – nur das eine stellte ich fest, dass ein plötzlich eingetretenes Familienereignis sein Ausscheiden aus Dr. Bransbys Lehranstalt am Nachmittag desselben Tages zur Folge gehabt hatte, an dem ich von dort entflohen war. Nach kurzer Zeit aber ließen meine Gedanken von dieser Sache ab, da meine beabsichtigte Übersiedelung nach Oxford mich vollauf in Anspruch nahm. Bald darauf führte ich diese aus, und die Freigebigkeit meiner Eltern verschaffte mir eine Ausstattung und einen jährlichen Wechsel, der es mir ermöglichte, in all dem mir schon so unentbehrlich gewordenen Luxus zu schwelgen und in der Verschwendungssucht mit den hochfahrenden Erben der reichsten Grafschaften Großbritanniens zu wetteifern.

Durch meine reichen Mittel zum Laster angespornt, brach mein ursprüngliches Temperament mit verdoppeltem Feuer hervor und widersetzte sich sogar der so selbstverständlichen Zügelung, die Sitte und Anstand jedem gebildeten Menschen auferlegen. Doch es wäre unsinnig, wenn ich mich bei den Einzelheiten meines lasterhaften Lebens aufhalten wollte. Mag das Bekenntnis genügen, dass ich als Verschwender selbst den Herodes in den Schatten stellte und dass ich der langen Liste der Laster, die damals an der ausschweifendsten Universität Europas üblich waren, durch Erfindung einer Fülle von neuen Schandtaten einen umfangreichen Anhang hinzufügte.

Und doch ist es wohl schwer zu glauben, dass ich sogar so weit gekommen war, mir die gemeinsten Schliche der Gewohnheitsspieler anzueignen und meine Erfahrung in ihrer verächtlichen Wissenschaft dazu zu benutzen, auf Kosten meiner harmlosen Mitstudenten meine ohnedies ungeheuren Einnahmen zu vergrößern. Aber es war so; und dieses unerhörte Hohnsprechen auf alle Ehre und Manneswürde war zweifellos der Hauptgrund, ja, wohl der einzige Grund, dass ich straflos ausging. Wer unter meinen verwegensten Kameraden würde nicht eher die Klarheit seiner Sinne anzweifeln, als den heiteren, freimütigen, verschwenderischen William Wilson – den vornehmsten und gebildetsten Studenten von Oxford – solcher Gemeinheiten für fähig gehalten haben – ihn, dessen Tollheiten (so sagten die Parasiten) nur Tollheiten seiner überschäumenden Jugend und ungezügelten Phantasie, dessen Fehler nur seltsame Launen, dessen dunkelste Laster nur sorglose, sprudelnde Torheiten waren?

Schon zwei Jahre lang war ich in dieser Weise erfolgreich tätig gewesen, als ein junger, erst jüngst geadelter Emporkömmling namens Glendinning die Universität bezog. Man sagte, er sei reich wie Herodes Atticus und sei auch so leicht wie dieser zu seinen Reichtümern gelangt. Ich entdeckte bald, dass er kein großer Schlaukopf war, und hielt ihn für ein passendes Objekt für die Anwendung meiner einträglichen Kunst. Ich forderte ihn des öfteren zum Spiel auf, und mit der üblichen List des Falschspielers ließ ich ihn zunächst beträchtliche Summen gewinnen, um ihn später desto sicherer einzufangen. Als mein Plan ausgereift war, traf ich ihn in der Wohnung eines Herrn Preston, eines Mitstudenten, in der bestimmten Absicht, dass diese Begegnung die letzte und entscheidende sein sollte. Preston war mit jedem von uns befreundet, hatte aber natürlich nicht die leiseste Ahnung von meinem Vorhaben. Um der Sache einen harmlosen Anstrich zu geben, hatte ich mich bemüht, eine Gesellschaft von acht oder zehn jungen Leuten dort zu haben, und war peinlich darum besorgt, dass man nur wie zufällig nach den Karten griff und dass mein Opfer selbst danach verlangen sollte. Um kurz zu sein: ich hatte keinen der niedrigen

Kunstgriffe verschmäht, die bei solchen Gelegenheiten so regelmäßig angewendet werden, dass es geradezu ein Wunder ist, wenn es noch immer Dumme gibt, die diese Ränke nicht durchschauen, sondern ihnen zum Opfer fallen.

Unser Beisammensein hatte sich schon bis tief in die Nacht ausgedehnt, als es mir endlich gelang, Glendinning als einzigen Partner zu bekommen. Wir waren bei meinem Lieblingsspiel, dem Ecarté. Die anderen nahmen so lebhaften Anteil an unserem Spiel, dass sie selbst die Karten beiseite gelegt hatten und uns als Zuschauer umringten. Der Emporkömmling, den ich anfänglich zu reichlichem Trinken veranlasst hatte, mischte, gab und spielte mit einer Nervosität, für die seine Trunkenheit nur zum Teil die Ursache sein konnte. In sehr kurzer Zeit schuldete er mir bereits beträchtliche Summen. Nun aber tat er einen tiefen Zug aus seinem Portweinglas und schlug mir vor – was meine kühle Berechnung nicht anders erwartet hatte – unseren bereits übertrieben hohen Einsatz zu verdoppeln. Mit gut gespieltem Widerstreben und nicht, ehe meine wiederholte Weigerung ihn zu ein paar ärgerlichen Worten veranlasst hatte, die mein Nachgeben gewissermaßen herausforderten, willigte ich schließlich ein. Der Erfolg bewies selbstverständlich nur, wie rettungslos der Partner mir ins Garn gegangen: in kaum einer Stunde hatte er seine Schuld vervierfacht. Seit einer Weile schon hatte sein Gesicht den rosigen Anhauch verloren, den ihm der Wein verlieh, jetzt aber sah ich zu meinem Erstaunen, dass es grauenhaft bleich geworden war. Ich sage, zu meinem Erstaunen, denn man hatte mir Glendinning bei meinen eifrigen Nachforschungen als unermesslich reich hingestellt, und wenn seine Verluste auch sehr hoch waren, so konnten sie ihn doch, wie ich annahm, nicht ernstlich schädigen, wie viel weniger so tief erschüttern. Der nächstliegende Gedanke war natürlich, seinen Zustand als eine Folge des übertriebenen Weingenusses anzusehen; aber als ich, mehr zu dem Zweck, mich vor den Kameraden in ein gutes Licht zu setzen, als aus irgendeinem anderen Grunde, gerade die feste Absicht kundtun wollte, das Spiel abzubrechen, machten mir ein paar Äußerungen der hinter mit Stehenden und ein Ruf der Verzweiflung seitens Glendinnings klar, dass ich seinen vollständigen Ruin herbeigeführt hatte, und unter Umständen, die ihn zum Gegenstand des allgemeinen Mitleids machten und ihn wohl selbst vor den Bosheiten eines Teufels hätten bewahren müssen.

Wie ich mich nun weiter verhalten haben würde, ist schwer zu sagen. Der bedauernswerte Zustand meines Gimpels hatte uns alle in eine gewisse Verlegenheit versetzt; es herrschte minutenlanges Schweigen, und ich fühlte, wie meine Wangen unter den vielen zornigen und vorwurfsvollen Blicken brannten. Ich muss sogar zugeben, dass mir durch die nun plötzlich eintretende unerwartete Unterbrechung für einen kurzen Augenblick eine schwere Last, ein unerträgliches Gefühl der Beklemmung vom Herzen genommen wurde. Die großen schweren Flügeltüren wurden auf einmal mit heftigem Ungestüm aufgeworfen, so dass wie mit einem Zauberschlag alle Lichter im Raum erloschen. In ihrem Hinflackern sahen wir noch, dass ein Fremder eingetreten war; er hatte ungefähr meine Größe und war eng in einen Mantel gehüllt. Schnell aber war es vollständig dunkel geworden, und wir konnten nur fühlen, dass er in unserer Mitte stand. Ehe einer von uns sich von dem Staunen erholt hatte, in das dies ungehörige

Gebaren uns alle versetzte, vernahmen wir die Stimme des Eindringlings.

»Meine Herren,« sagte er in einem leisen deutlichen und wohlbekannten Flüsterton, der mir bis ins Mark drang, »meine Herren, ich versuche nicht, mein Auftreten zu entschuldigen, denn ich komme, um meine Pflicht zu erfüllen. Sie sind zweifellos über den wahren Charakter des Herrn, der heute Nacht beim Ecarté dem Lord Glendinning eine große Summe abgewann, nicht unterrichtet. Ich will Ihnen daher mitteilen, wie Sie sich rasch und sicher die nötigen Aufklärungen verschaffen können. Bitte, untersuchen Sie nur gründlich das Futter seines linken Ärmelaufschlags und die verschiedenen kleinen Päckchen, die sich in den reichlich großen Taschen seines bestickten Hausrocks finden werden.«

Während er sprach, herrschte eine so tiefe Stille, dass man das Niederfallen einer Stecknadel hätte hören können. Als er geendet, verließ er das Zimmer ebenso plötzlich, wie er es betreten. Kann ich – soll ich meine Gefühle schildern? Muss ich sagen, dass ich alle Schrecken der Verdammten durchlebte? Ich hatte wenig Zeit zum Nachdenken. Viele Hände packten mich rau, und es wurde sofort wieder Licht gemacht. Die Suche begann. Im Futter meines Ärmels fand man alle zum Ecarté gehörigen hohen Karten und in den Taschen meines Hausrocks eine Anzahl Kartenspiele, die den bei unseren Sitzungen gebräuchlichen vollkommen glichen, nur gehörten meine zu denen, die man mit dem Fachausdruck als die »abgerundeten« bezeichnet: die hohen Karten waren oben und unten, die niederen an den Seiten leicht konvex. Wenn nun der Gimpel beim Abnehmen die Karten, wie es üblich ist, seitwärts abhebt, so wird er jedes Mal seinem Partner eine hohe

Karte zuteilen; während der Falschspieler an der Schmalseite abhebt und folglich seinem Opfer keine Karte gibt, die im Spiel von irgendwelchem Wert ist.

Wäre man nach dieser Entdeckung in Entrüstung ausgebrochen – ich hätte es leichter ertragen können als die schweigende Verachtung und hohnvolle Gelassenheit, mit der man die Sache aufnahm. »Herr Wilson,« sagte unser Gastgeber, während er sich bückte und einen kostbaren Pelzmantel aufhob, »Herr Wilson, der Mantel gehört wohl Ihnen.« (Es war kaltes Wetter, und als ich meine Wohnung verließ, hatte ich daher, da ich nur im Hausrock war, einen Mantel übergeworfen, den ich dann hier im Hause abgelegt.) »Ich denke, es ist überflüssig, auch hier noch nach weiteren Beweisen Ihrer Hinterlist zu suchen.« (Er betrachtete den Mantel mit bitterem Lächeln.) »Wir haben schon genug davon. Sie sehen wohl selbst die Notwendigkeit ein, Oxford zu verlassen – jedenfalls aber sofort meine Wohnung zu verlassen.«

Verhöhnt und gedemütigt, wie ich durch diese Rede war, hätte ich mich wahrscheinlich sofort durch eine tätliche Beleidigung gerächt, wäre nicht im selben Augenblick meine ganze Aufmerksamkeit durch eine höchst sonderbare Tatsache gefesselt worden. Der Mantel, den ich bei meinem Herkommen getragen, war aus sehr seltenem Pelzwerk; wie selten, wie außerordentlich kostbar es war, wage ich gar nicht zu sagen. Auch entstammte seine Machart meinem eigenen Erfindergeist, denn ich war, was meine Kleidung anlangte, geradezu geckenhaft eitel. Als mir daher Herr Preston jenen Mantel reichte, den er in der Nähe der Flügeltür vom Boden aufgehoben, gewahrte ich mit Staunen und Entsetzen, dass ich den meinigen bereits auf dem Arm trug (ich hatte ihn anscheinend ganz unwillkürlich schon ergriffen) und dass der mir dargebotene in jedem, selbst dem kleinsten Teilchen, sein vollkommenes Gegenstück war. Das merkwürdige Wesen, das mich so schrecklich bloßgestellt, war, wie ich mich erinnere, in einen Mantel gehüllt gewesen, und keiner aus unserer Gesellschaft außer mir hatte einen solchen umgehabt. Mit einiger Geistesgegenwart nahm ich den Mantel, den Preston mir reichte, legte ihn unbemerkt über den anderen auf meinen Arm und verließ mit finsteren trotzigen Blicken das Zimmer. Am anderen Morgen trat ich vor Tagesanbruch eine Reise nach dem Kontinent an, gehetzt von Scham und Entsetzen.

Ich floh vergebens! Mein böses Geschick verfolgte mich frohlockend und zeigte, dass seine geheimnisvolle Macht eigentlich jetzt erst beginne. Kaum hatte ich meine Schritte nach Paris gelenkt, als ich neue Beweise von der Anteilnahme erhielt, die dieser fürchterliche Wilson für meine Angelegenheiten zeigte. Jahre vergingen – ich fand keine Erlösung. Der Schurke! – mit welch ungelegener, welch gespenstischer Geschäftigkeit trat er in Rom zwischen mich und meine ehrgeizigen Pläne! Und in Wien ebenso – in Berlin – in Moskau! Wo, ja wo ward mir nicht bittere Ursache, ihn aus tiefstem Herzen zu verwünschen? Schließlich floh ich vor seiner rätselhaften Tyrannei wie ein halb Wahnsinniger – und bis an das Ende der Welt floh ich vergebens.

Und wieder und wieder fragte meine Seele sich in geheimer Zwiesprache mit sich selbst: ›Wer ist er? – Woher kam er? Und was sind seine Absichten?‹ Doch war keine Antwort zu finden. Und nun forschte ich mit peinlichster Genauigkeit der Art, dem Vorgehen, den herrschenden Zügen seiner unverschämten Überwachung nach. Aber selbst hier gab es nur wenig, worauf sich eine Vermutung gründen ließ. Es war allerdings auffallend, dass es ihm bei jedem der zahlreichen Fälle, in denen er seit kurzem meinen Weg kreuzte, lediglich darauf ankam, solche Pläne zu vereiteln oder solche Handlungen zunichte zu machen, die, wenn sie zur vollen Ausführung gelangt wären, schlimmes Elend gezeitigt hätten. Welch eine armselige Rechtfertigung für eine so gewalttätige Bevormundung – für ein so hartnäckiges, so freches Eingreifen in meine natürlichen Rechte der Selbstbestimmung!

Ich hatte ferner festgestellt, dass mein Peiniger, der mit wundersamer Geschicklichkeit meine Erscheinung bis ins kleinste nachahmte, es bei seinen jedesmaligen Einmischungen so einzurichten gewusst hatte, dass ich seine Gesichtszüge nicht zu sehen bekam. Mochte Wilson sein, wer er wollte, das jedenfalls war die abgeschmackteste Ziererei und Albernheit. Konnte er nur einen Augenblick annehmen, dass ich in dem Warner aus Eton – in dem Zerstörer meiner Ehre in Oxford – in ihm, der in Rom meine hochfliegenden Pläne, in Paris meine Rachegelüste, in Neapel meine leidenschaftliche Liebe vereitelte und in Ägypten ein Vorhaben störte, das er fälschlicherweise meiner Habgier zuschrieb – dass ich in diesem meinem Erbfeind und bösen Geist den William Wilson meiner Schuljahre nicht wiedererkennen würde – den Namensvetter, den Kameraden, den Rivalen – den verhassten und gefürchteten Rivalen im Hause Dr. Brandbys? Unmöglich! – Doch lasst mich zu der letzten ereignisreichen Szene des Dramas kommen.

Bis jetzt hatte ich mich seiner Herrschaft blindlings unterworfen. Die tiefe Ehrfurcht, mit der ich gewohnt war, den überlegenen Charakter, die göttliche Weisheit, die scheinbare Allgegenwart und Allmacht Wilsons anzusehen, hatte, gemischt mit dem Entsetzen, mit dem gewisse andere Züge seines Wesens mich erfüllten, mich von meiner eigenen Schwäche und Hilflosigkeit überzeugt und eine vollständige, wenn auch widerstrebende Unterwerfung unter seinen despotischen Willen herbeigeführt. In letzter Zeit aber hatte ich mich ganz dem Wein ergeben, und sein aufreizender Einfluss auf mein ererbtes Temperament machte mir dies Überwacht sein immer unerträglicher. Ich begann zu murren – zu überlegen – zu widerstreben. Und war es nur Einbildung, was mich glauben ließ, dass mit meiner zunehmenden Festigkeit diejenige meines Peinigers im entsprechenden Verhältnis abnahm? Sei dem, wie ihm wolle, ich begann jetzt zu fühlen, dass brennende Hoffnung in mir erwachte, und nährte schließlich in meinen geheimsten Gedanken den festen und verzweifelten Entschluss, meine sklavische Unterwerfung abzuschütteln.

Es war in Rom, als ich im Karneval des Jahres 18~~ einem Maskenfest im Palazzo des napolitanischen Herzogs di Broglio beiwohnte. Ich hatte noch reichlicher als sonst dem Weine zugesprochen, und jetzt quälte mich die erstickende Luft der überfüllten Räume unerträglich. Auch die Schwierigkeit, mit der ich mir durch das Gewühl der Gäste meinen Weg bahnen musste, trug nicht wenig dazu bei, meine Stimmung reizbar zu machen; denn ich suchte (lasst mich verschweigen, aus welch unwürdigem Grunde), suchte eifrig die junge und fröhliche und wunderschöne Frau des alten kindischen Narren di Broglio. In ihrem sorglosen Vertrauen hatte sie mir verraten, welches Maskengewand sie tragen werde, und nun hatte ich sie erspäht und eilte, in ihre Nähe zu gelangen. In diesem Augenblick fühlte ich eine leichte Hand auf meiner Schulter und in meinem Ohr das unvergessliche, verwünschte Flüstern.

In einem wahren Wutanfall wandte ich mich dem Störer zu und ergriff ihn heftig beim Kragen. Er war, wie ich es erwartet, in genau das gleiche Gewand gekleidet wie ich selbst; so trug also auch er einen karminroten Gürtel, in dem ein Rapier steckte. Eine schwarze Seidenmaske bedeckte sein Gesicht.

»Schurke!« sagte ich mit vor Wut heiserer Stimme, während jede Silbe, die ich sprach, meinen Zorn mit neuen Gluten schürte; »Schurke! Betrüger! Verfluchter Schuft! Du sollst mich nicht – Du wirst mich nicht zu Tode hetzen! Folge mir, oder ich steche dich hier auf der Stelle nieder!« – Und ich bahnte mir aus dem Ballsaal den Weg in das angrenzende kleine Vorzimmer und zog ihn mit Gewalt mit mir.

Als ich dort eintrat, schleuderte ich ihn wütend von mir fort. Er schwankte gegen die Wand, ich schloss fluchend die Tür und gebot ihm, den Degen zu ziehen. Er zögerte nur einen Augenblick; dann seufzte er leise, zog den Degen und stellte sich in Bereitschaft.

Der Zweikampf war kurz genug. Ich war in rasender Aufregung und blinder Wut und fühlte in meinem Arm die Kraft von Hunderten. In wenigen Sekunden drängte ich ihn gegen die Wand zurück, und da ich ihn nun ganz in meiner Gewalt hatte, stach ich ihm die Waffe in viehischer Gier wieder und wieder durchs Herz.

Da versuchte jemand, die Tür zu öffnen. Ich eilte hin, um eine Störung fernzuhalten, kehrte aber sofort zu meinem sterbenden Gegner zurück. Doch welche menschliche Sprache kann das Erstaunen – das Entsetzen wiedergeben, das mich bei dem Schauspiel erfasste, das sich nun meinen Blicken bot. Der kurze Augenblick, für den ich die Augen abgewendet, hatte genügt, um drüben am anderen Ende des Zimmers eine Veränderung zu schaffen. Ein großer Spiegel – so schien es mir zuerst in meiner Verwirrung – stand jetzt da, wo vorher keiner gewesen war; und als ich im höchsten Entsetzen zu ihm hinschritt, näherten sich mir aus seiner Fläche meine eigenen Züge – bleich und blutbesudelt – meine eigene Gestalt, ermatteten Schrittes.

So schien es, sage ich, doch war es nicht so. Es war mein Gegner – es war Wilson, der da im Todeskampfe vor mir stand. Seine Maske und sein Mantel lagen auf dem Boden, da, wo er sie hingeworfen. Kein Faden an seinem Anzug – keine Linie in den ausgeprägten und eigenartigen Zügen seines Antlitzes, die nicht bis zur vollkommenen Identität mein eigen gewesen wären!

Es war Wilson; aber seine Sprache war kein Flüstern mehr, und ich hätte mir einbilden können, ich selber sei es, der da sagte: »Du hast gesiegt, und ich unterliege. Dennoch, von nun an bist auch du tot – tot für die Welt, den Himmel und die Hoffnung! In mir lebtest du – und nun ich sterbe, sieh hier im Bilde, das dein eigenes ist, wie du dich selbst ermordet hast.«

Epilog-Taschenbücher und eBooks:

5.001 • Henry F. Urban: Die Entdeckung Berlins
5.002 • Arthur Conan Doyle: Im Giftstrom – Das Ende der Welt
5.003 • Edgar Alan Poe: Der Untergang des Hauses Usher
5.004 • Kurd Laßwitz: Homchen – Ein Tiermärchen aus der oberen Kreide
5.005 • Sindbad, der Seefahrer – Erzählungen aus 1001 Nacht

Weitere Bände in Vorbereitung

Magnete, Postkarten und Lesezeichen mit Motiven von
Harry Clarke finden Sie im Shop von epilog.de:
www.epilog.de/harry-clarke